〔日〕东野圭吾 著
李盈春 译

毒笑小说

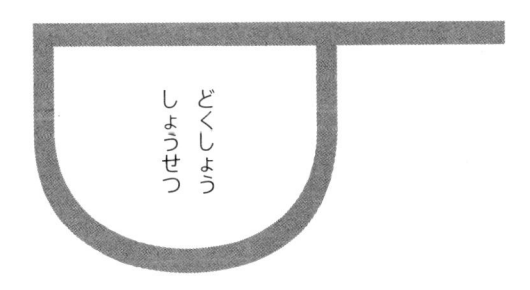

どくしょう
しょうせつ

北京出版集团公司
北京十月文艺出版社

新经典文化股份有限公司
www.readinglife.com
出 品

毒笑小说

目录

绑架天国	1
Angel	53
手工贵妇	75
程序警察	97
爷爷当家	117
新郎人偶	137
女作家	159
杀意使用说明书	181
补偿	203
光荣的证言	233
本格推理周边鉴定秀	253
绑架电话网	275

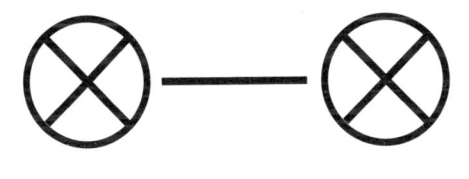

绑架天国

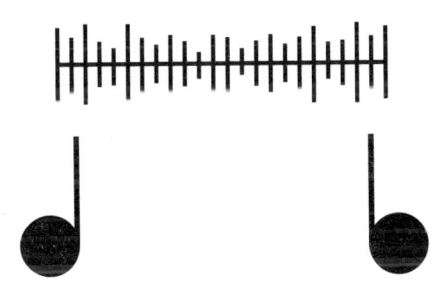

1

宝船满太郎落座后，来回看了看另外两人。

"当初那么多老朋友，到头来只剩下我们几个了啊。"

"没办法哪，人生就是这样。"钱箱大吉一脸索然地回应，"我本来还以为今年聚不成了，你也没有通知说中止，想想三个人还可以玩一把，我就过来了。毕竟这里举行的麻将大会可是一年一度的赏心乐事。"

"我也曾经犹豫过，但想到万一以后又有谁过世，这个聚会就真要画上句号了，所以决定今年还是照样聚一聚。况且，听说在关西，三人麻将才是主流。"

"我倒没玩过。"

"没关系,我也就老早以前玩过那么一回,很容易上手的。"

"福富,你呢?"钱箱问一直沉默不语的福富丰作。

"咦,你说什么?"福富仿佛刚回过神来。七十五岁的人了,还像小孩子一样瞪圆了眼睛骨碌直转。

"你都没听?发什么呆呢?"

"不好意思,我在想金印的事。"福富感慨地说,"去年这时他还那么硬朗,谁想到竟会突发脑梗死。"

"金印也八十多了。到了这个岁数,就是活一年赚一年啦。"宝船说,"话说回来,我们也快喽。"

"你是说,我们也差不多得做好过世的心理准备了?"福富叹了口气。

钱箱冷笑一声。

"这种事哪有什么心理准备!该咽气时就咽气,就这么简单。我对这个世界也没多少留恋了。"

"嗯,我也没有留恋。"宝船赞同道,"想做的事几乎都做了,最近无聊得要死,整天都在发愁剩下的时间和钱该怎么花。"

"福富,你有没有什么未了的心愿?"

"那倒没有,"福富搔搔头上稀疏的白发,"但如果现在就死了，有一件事会令我耿耿于怀。"

"哦？什么事？"宝船颇感兴趣地探出身子，"都到这把年纪了，还有放不下的事情，真羡慕你。"

"哪里，也不是什么大不了的事。"福富干咳了一声，"就是我那外孙，有点……"

"你是五年前抱上外孙的吧。"钱箱年事虽高，记性却好得很，"确实是姗姗来迟的外孙。我们的孙子和外孙里，年龄最大的已经上了大学，疼爱的心思早就淡了，而你正是最疼外孙的时候。"

"是啊。"福富迟疑着说，"老实说，我都没有好好陪外孙玩过，就是这一点让我很遗憾。"

"那陪他玩不就得了？"宝船的表情仿佛在说，这点小事也值得烦恼？

"话是这么说，实际上却办不到。"

福富丰作的眉毛蹙成了八字形。他说，由于女儿女婿热衷教育，外孙刚五岁就被送去上补习班，还请了家庭教师，一天到晚忙着学习，害得他连好好陪外孙的时间都没有。

"哦。那你发发脾气不就解决了？对他们说，偶尔也该让小孩放松放松"

听了宝船的话，福富有气无力地摇头。

"没用。我女儿就和她过世的妈妈一模一样,能言善辩。只要我一开口,她就指手画脚,像打机关枪一样振振有词,说什么为了他将来能顺利继承福富财团,必须从现在开始就精心教育,否则错过时机,将来有的后悔。被她这么一轰炸,我头都疼了,只能举手投降。"

"你女婿怎么说?"

"他什么都听我女儿的。"

"那他还真像你,都是乖乖听太太的话。这是你们家的传统吗?"钱箱哈哈大笑。

"我明白你的苦衷了。很想帮你想点办法,但要是由我们出面劝说,好像也不太合适。"宝船歪着脑袋说。

"硬把他带到别的地方怎么样?比如出国旅行个两三周,不就能玩个痛快了?"钱箱说,"我可以借你艘游艇,是我刚买的,能容纳三十人左右,你载上用人,带着孙子周游世界,这样也挺好的。"

"好意我心领了,可一想到过后要被女儿臭骂……"福富的表情可怜兮兮的。

"你可以瞒着女儿,偷偷把孙子拐走啊。"

"笨蛋,那岂不成绑架了?"

"果然行不通吗?"钱箱哈哈大笑。

"且慢,说不定这倒是个好主意。"宝船一本正经地说,

"那就去绑架好了。"

"连你也开玩笑?"

"不是开玩笑,是说真的。如果制造出绑架的假象,你就不会挨女儿臭骂了。还可以冒充绑匪通知家人说小孩平安无事,比起忽然失踪、生死不明,这样小孩的去向至少是清楚的,你女儿一家应对起来也比较容易。嗯嗯,好主意,行得通,有趣有趣。"

"听起来确实很有趣。"

"等、等、等、等一下,"福富慌乱地来回看着两个朋友,"干这种勾当,万一惊动了警察怎么办?"

钱箱嗤笑一声:"警察算什么,你们只管闭上嘴,看我略施手段吧。"

"你们是认真的?"

"认真的。"宝船交抱起双臂,"这可是个绝妙的消遣。刚才我还说想做的事都做了,但仔细想想,绑架倒还没干过。很好,现在就来干一票。"

"算我一份。"钱箱一拍手掌,"我也没少干过坏事,可绑架还是头一遭。想必还有交接赎金的戏码吧?不错不错,我都跃跃欲试了,嘿嘿。"

"福老哥,这样你就可以放心大胆地陪外孙玩乐了,应该没有异议了吧?"

"好。"福富沉思良久,终于抬起头来,"但我怕给健太留下恐怖的回忆。"

"你外孙叫健太?不要紧,我们拐走他的时候会避免让他受到惊吓。至于绑架期间嘛,就找个可以尽情游玩的地方隐蔽起来。你看哪里合适?"宝船向钱箱讨主意。

"这里恐怕不行。"钱箱环顾室内,说道。这个房间的天花板上悬挂着巨大的枝形吊灯,墙上装饰着国内外著名画家的作品,面积足有一百平方米,家具也清一色是最高级的。

"这里不适合小孩子。我们出资建造这栋别墅,原是为了举行一年一度的麻将大会。"

"我想到了一个好地方。有家游乐园经营陷入困境,正在出售,那里的游乐项目倒有点新奇,就把它买下来吧。园里也有住宿设施,不妨就住在里面。"

"让健太住那么冷清的地方?"福富流露出不满。

"你放心,包在我身上,一定改装得富丽堂皇。"

"那就这样定了。"

宝船说完,钱箱也称"我赞成",福富有些不安,但还是点了点头。

2

每天，司机接送福富政子的独子、福富财团年幼的继承人上学放学时，福富政子总是尽可能一同前往。坐在凯迪拉克的后座上，一边浏览工作资料，一边往返于家和幼儿园之间，是她生活中的一大乐趣。

这一天，她像往常一样乘车前往金满馆幼儿园，顺便在车上阅读预定建设的休闲乐园的计划书。接了健太，车掉头向家开去。

"今天学什么了？"政子问儿子。

"学了法国的用餐礼仪。"

"哦，掌握了吗？"

"嗯。"

"不要说'嗯'，要说'是'。"

"是……"

"正好今天的家教是法语老师，回头让他检查一下你今天学到的知识。"

就在母子俩聊天的时候，凯迪拉克已开到一条回家必经的隧道前。车驶进隧道的瞬间，前方出口忽然漆黑一片。

"哇！"司机慌忙猛踩刹车。

政子和健太同时向前扑倒。

"怎么回事？"她责问司机。

"对不起，出口好像封闭了。"

"出口封闭？居然有这种荒唐事？"

"我也不太清楚。"

"那就掉头吧。"

司机答应一声，开始掉头。就在这时，咣的一声，入口也关闭了。

健太"啊"地惊呼起来。

"健太你怎么了？怎么会变成这样？"政子歇斯底里地大叫。

话音刚落，只听咻咻的声响，周围喷出白色的气体。政子再次大吃一惊，这回她甚至未及出声，便已失去意识。

3

"不是说好不用粗暴手段吗？"福富丰作鼓着嘴抗议。

"那种程度总是免不了的啊。毕竟人没有受伤，那种催眠气体也没有副作用。"宝船满太郎答道。

"司机和政子怎样了？"

"我事先指示过部下，把两人连同凯迪拉克一起用拖车送到你家附近，现在他们大概已经醒过来了。"钱箱大吉看了一眼熠熠生辉的金表。

"证据销毁了吧？"宝船问钱箱。

"放心，拖车的痕迹和隧道两端通知车辆绕行的告示牌都清理了。"

"拖车有没有被人目击？"

"这个难免，怎么说也是那么一个大家伙。"钱箱思索片刻，说道，"把它送到废料厂偷偷处理掉吧。"

"总之，第一阶段的计划顺利达成。"说完，宝船看着坐立不安的福富苦笑，"要是急着跟宝贝外孙见面，现在就过去怎样？"

"那倒不急……我们下一步怎么办？"

"既然人已经拐来了，下一步应该就是索要赎金了吧？"

"对，是这样。"钱箱也随声附和。

"索要赎金？"

"那当然了，哪有绑匪不要赎金的？"宝船笑嘻嘻地看着福富，"不用担心，钱会还给福老哥的。"

"哪里话，让你这么费心费力，钱就不必提了……你打算开个什么数？"

"说到赎金这个问题,听说有市场公议价,我看就按那个标准来好了。"

"多少?"钱箱问。

"据我调查,像这种事件,一般会索要一亿。"

"一亿啊。"钱箱点头,"果然是要这个数。"

"一亿……"福富低吟,"如果是一亿,那就不能说不还也无所谓了。给你添了这么多麻烦,真是过意不去。"

"我说,"宝船诧异地问,"你们说的一亿,到底是什么货币单位?"

"咦,不是美元吗?"钱箱说。

"不是吧?应该是马克吧?"

"呃,说起来我也觉得岂有此理,但实际上,单位是元。"

"元?你说的元,难道是日元?"钱箱瞪大了眼睛,福富也一脸不可思议。

"对。"

"怎么可能!"钱箱大声说,"这么说才区区一亿元?是赎金哦!"

"是啊。"

"开玩笑吧?这可是拿来交换人命的啊!"

"而且是健太的命!"福富的声音里带着怒火,"难道健太的命就只值一亿元?一亿元够买什么?早些时候,也就是一个高尔夫球场的会员权,或者勉勉强强买套廉价公寓罢了。这怎么能和健太的命相提并论?天底下哪有这种笑话!这和到粗点心店买颗糖球有什么两样!"他说得唾沫横飞。

"宝船,一亿元是太掉价了,难怪福富生气。可能确实有人用这么便宜的价钱换一条人命,但我们也不一定非要有样学样。我看还是五十亿、一百亿比较说得过去吧?"

"那也便宜了。"福富还在赌气。

"我很理解你的心情,但这样就会很难办。"宝船说,"为确保我们是绑架案的幕后策划者这一秘密不致败露,还是尽量不超出社会常态比较好。既然赎金的行情就是一亿,我们也只能照此办理。"

福富脸色大变:"宝船,你这话当真?"

"金额什么的这种时候就别计较了,现在最要紧的是尽量伪装得像一桩平凡的绑架案。"

"且慢。难道世上那些绑匪不辞辛苦拐走小孩,就是为了这么一点零头?"钱箱伸手按着太阳穴问。

"没错。"

"哎呀,"钱箱直摇头,"那不是白痴吗?要是把那份胆也和智慧用到其他事情上,轻轻松松就能赚到一亿了。"

"那些人脑子里在想什么,我们是搞不懂的。"

13

"嗯……"钱箱低吟。

"哦，还有，"宝船看着福富说，"这种零花钱程度的赎金，你女儿女婿应该不会报警吧？"

"那当然了。要是舍不得一亿元而报警，就会失去宝贝儿子。"

"那就这么办吧。一亿元占不了多大地方，交接赎金的时候也容易处理。福老哥，后面的事就交给我们好了，你只管陪健太玩个够。这样可好？"

"好吧。为我的事，让你们这么费心，本来不该再有什么不满……可是才一亿？健太才值一亿……我实在接受不了。"

"这个问题你就想开点吧。那么决定了，赎金一亿。下一步就是打电话了。"

"在这之前，我们先来观察下福富家的动静吧？"钱箱提议。

"有道理，那就来看看。"

宝船伸手按下桌下的一个开关，一块墙壁立刻低响着移开，现出巨大的屏幕。

"这里能看到我家的情况？"福富问两人。

"我们在相邻的前后两家安装了摄像机。"宝船说。

"那两家的人呢？"

"正在海外旅游。"钱箱笑道,"我们设计了电话猜谜节目,猜对了就可以去海外旅游,现在两家人应该正在爱琴海上乘船观光。"

宝船又按下一个开关,画面上映出福富家的宅邸。这座宅邸是纯粹的和式风格,周围环绕着白色围墙,气派的正门此刻豁然敞开,几辆巡逻车正鱼贯而入。

"怎么,警察已经来了?"钱箱吃惊地说。

"糟了,我们迟了一步吗?"宝船伸手拍头。他梳着大背头,但其实是假发。"看来是我们联系晚了,他们已早早报了警。"

"怎么办?"福富不安地问。

"我给县警本部长[①]打个电话,"钱箱掏出手机,"就说是我们闹着玩的,叫他不要插手。"

"等等,别打电话。"宝船阻止了他。

"县警本部长不管用?那警察厅长官[②]呢?那个小毛孩对我言听计从。"

"不,我的意思是,难得干一票绑架,就别给警方施加压力了,那样会很无趣。既然人家来都来了,不如彻底地投入一回。"

---

①日本地方警察机关——警察本部的最高长官。
②日本警察的中央行政机关——警察厅的最高长官。

"你是说和警察一较高低？"钱箱收起手机，舔舔嘴唇，"果然有趣。"

"倒要看看能不能顺利夺得一亿元，这比打麻将可好玩多了。"

"我也参加。福富你呢？"

"只要能好好陪陪健太，我不介意。"

"那就这么办。接下来该打电话了，钱老哥，那玩意儿准备好了没有？"

"自然好了。"

说着，钱箱操作起面前的开关，桌子中央随即徐徐打开，电脑显示器、键盘和一部电话冒了出来。

福富惊得往后一仰："这是什么？"

钱箱微微一笑："从美国中央情报局前间谍手里买来的玩意儿。用这个打电话，可以彻底改变声音，听起来判若两人，而且可以任意利用全世界的网络，就算警察追踪电话方位也是白费力气。"

"哟嗬，真厉害！"

"好了，马上来打电话吧。"

宝船说完，钱箱迫不及待地答应一声，开始用满是皱纹的手指敲起键盘。

4

福富家中,辖区警局的局长自不必说,县警本部自本部长以下,刑事部长、搜查一科科长等也都已火速赶到。他们一致认为,从事发时的情况来看,福富健太无疑是被人绑架了。绑匪会对这么小的孩子下手,目的一定是勒索赎金。

仿佛是为了证实这一推测,就在给福富家所有电话、传真机都安装了追踪设备后不久,绑匪便打来了电话,而且居然胆大包天地打到警察首脑云集的会客室。

福富政子神色紧张地拿起话筒。"喂,这里是福富家。"

"唷,你好。"这是对方的第一句话,声音听起来是个年轻人。通过监听器,周围的人也都同时听在耳里。探出身子严阵以待的警察们顿时泄了气,觉得此人语气这么逍遥,多半与案件无关。不料对方紧接着就说:

"我是绑匪。"

所有人都跳了起来。

"那、那个,你说你是绑匪?"政子结结巴巴地问。

"都说了是绑匪,当然就是绑匪。我就是绑架了府上宝贝儿子的人。"

"你在哪里？健太到底在哪里？请把他还给我！"

"当然会还给你。不过，要是这么轻巧就还回去，当初就犯不着绑架了。我自然会要求一定的回报。"

"你要多少钱？要出多少钱才肯把儿子还给我？"

"别这么心急嘛。讨价还价的时候这么露骨地谈价码，会被人狠宰一刀的。"绑匪的语气还是不慌不忙，"这次我特别优惠，一亿，怎么样？"

"一亿……"政子咽了口唾沫。

县警本部长野田紧抿着嘴唇，暗想，不出所料，绑匪果然是为了索要高额赎金。听到一亿这个数字，连一家之主福富政子也面露难色。

紧接着，政子开口询问。

"请问，单位是法郎还是人民币？"

野田瞪大了眼睛，其他警官也都一脸惊异地盯着政子。

绑匪回应："哈哈哈，我就知道你会这么问，这也难怪。单位既不是法郎也不是人民币，当然也不是马克。"

"是吗？那果然是美元了。"她咬了咬嘴唇，"我知道了，我会设法去筹措。"

野田目瞪口呆。一亿美元大约相当于一百亿日元。

"为了心爱的儿子，拿出这个数也是理所当然的。"绑匪平静地说。从追踪电话的角度考虑，通话时间愈长愈妙。"但这次我要的不是美元，当然也不是荷兰盾或巴波亚①，就是日元。府上只需要准备一亿日元就行了。"

"一亿元？其他还要什么？"

"没有了，就是一亿元。准备好这笔钱，等我下一步指示，明白了？"

"那个，"政子说，"一亿元的话，我马上就能备齐。"她伸手捂住送话口，小声吩咐忧心忡忡的丈夫良夫："老公，你到金库取一亿元出来。"

"哦，好好。"良夫弹了起来，离开了会客室。

电话那端的男人说："我自然知道你有这个本事。只要翻翻抽屉，把零钱凑一凑，一亿元就有了。但我这边也有种种安排，所以叫你稍等一等。我会再和你联系。"

"等一下，让我听听健太的声音。"

"什么？噢，你是想听听声音啊。他刚好不在这里，下次打电话时让你听吧。"

"怎么这样……"

"不好意思，很多事我也想不了那么周全。那就这样。"对方挂了电话。

政子放下话筒后，约莫过了十秒，刑事部长才回过神

---

①巴拿马货币单位。

开口了。

"喂,赶快倒带,着手分析声音。"

"是!"部下急忙操作起录音机。

"夫人,刚才那个人的声音您耳熟吗?"搜查一科科长问道。政子不答,只是直勾勾地盯着空中的某处。

这时良夫回来了。

"一亿元拿来了。"他把半透明垃圾袋放在大理石方桌上,袋里装着成捆的钞票。

政子面无表情地低头看了眼垃圾袋,脸迅即扭曲得宛如女鬼,咬牙切齿的声音所有人都听得一清二楚。良夫双手抱头,蜷起身子。

"这算怎么回事!"她的声音在面积超过五十叠①的会客室中回响,"只要一亿元?就为了这微不足道的一亿元,绑走我家宝贝健太?世界上居然有这种蠢事!一亿元,这算什么?就是白痴也会开得再高一些吧!一亿元,才一亿元!"她懊恼得捶胸顿足,"如果就为了这点钱,哪里用得着绑走健太,只要来这里开口说一声,不就给他了?"

在场的好几个警察都想开口,但慑于女主人气势汹汹,都低下了头。

"野田先生,"政子走到县警本部长面前,"竟然有匪徒

---

①日本计量房屋面积大小的单位,1叠约为1.62平方米。

为了区区一点零头，绑架我们福富家的继承人，可见治安的败坏程度。就是为了挽回警方的声誉，也绝对要把绑匪逮捕归案。"

"是是，这是自然。"野田起身，站得笔直地大声表态。

这时电话又响了，不过是调查人员专用的电话。一个年轻警察拿起话筒，边听边做笔记，然后望着几位上司说："追踪电话的结果出来了。"

野田的表情豁然开朗："从哪里打来的？"

"呃……"警察搔搔头说，"好像是从雅温得。"

"雅温得？这是哪里？"

"喀麦隆共和国的首都。"

"什么？"

5

福富丰作和孙子健太一起骑着旋转木马。这里的旋转木马是两层建筑，世间罕有，此外还有巨大的过山车和摩天轮，钱箱把最顶尖的豪华设施都集中到了这家游乐园。

旋转木马停止了转动，音乐声响起。

"健太，再骑一次吧？"

"不用了，我骑够了。"

"是吗？那接下来想玩什么？"

"我有点累了。"

"怎么，已经累了啊。还没有玩多久呢。"

福富和健太一起坐上停在旁边的电动汽车。汽车驾驶座上坐着一个广受欢迎的动画主角造型的人偶，装扮得绚丽多姿。福富对人偶说："去餐厅。"

车子悄无声息地开动了。借由语音识别系统和模糊控制技术，人偶可以按照人的指令驾驶自如。

"我真是吓了一跳。醒过来时，竟然是在这么棒的游乐园里，简直以为自己在做梦。"到了餐厅，健太一面说，一面吃着特制的儿童餐。餐厅里从男女服务员到大厨，人人都戴着面具，为的是不让健太记住长相。

"哈哈哈。让你受惊了，抱歉啊。你心里有数吧？这件事一定要保密。"

"嗯，我知道。我就对妈妈说，我一直待在不知是什么地方的小屋里。"

"很好，你真聪明。"

"我一定说话算数。"说完，健太问，"外祖父，我什么时候念书？"

"念书？"

"是啊,"健太看了看细腕上的手表,"快到念书的时间了。"

"不用了,在这里你就忘掉念书的事吧,痛痛快快地玩一场。"

"哦。"不知为什么,健太的表情却闷闷不乐。

就在这时,来了两个戴着猿猴面具的人。不用说,是宝船和钱箱。"呀,猴子!"健太指着两人说。

"小朋友,玩过瘾了没有?"戴着大猩猩面具的钱箱问。

"嗯。"

"怎么回事?没什么精神啊。"戴着猩猩面具的宝船说,"身体不舒服吗?"他转向福富。

"他正在担心不念书行不行呢。真可怜,他还这么小啊。"福富叹息。

"小朋友,那种事用不着担心。"大猩猩伸手摸摸健太的头。

"我知道。可是,朋友们都忍着想玩的心思,就我一个人在这里玩,这样好吗?"

三个老人闻言对视一眼。多年的老朋友了,彼此立刻心有灵犀。

宝船猩猩问健太,"把你那些朋友也送到这里来好不好?"

正在吃布丁的健太抬起头，两眼放光："真的？"

"真的。那样你们就可以一起玩了。"

"太好了！"健太喜形于色。来这里之后，他还是第一次露出笑脸。

钱箱大猩猩从上衣口袋中拿出记事本。

"来，把你朋友的名字告诉我吧。"

"好。嗯……首先是月山，然后是……"健太弯起手指一个个数来。

6

县警本部长野田坐在福富家的会客室里，双臂环抱在胸前。绑匪还没有再来电话。从健太被绑架到现在，已经过去将近三个小时了。

"那个混账绑匪，到底在忙活什么？明明说过要给我们听听健太的声音。"会客室里沉默得令人难堪，他忍不住小声嘀咕起来。福富政子坐在他旁边，眼神锐利得像魔鬼刑警，狠狠地瞪着电话。

忽然，搜查一科科长冲了进来："本部长，不好了，又发生绑架案了！"

"你说什么？"野田盯着眉头紧锁的部下，"把话说清楚！"

"首先是邻镇一户姓月山的人家的大儿子被绑架了，听说小孩今年五岁。"

"咦、是月山家的一郎吗？"政子脱口而出。

"您认识他？"野田问。

"他和健太上的是同一家幼儿园，还是同班同学。"

"这是偶然吧。"说完，野田困惑地问搜查一科科长："你刚才的说法很古怪，'首先是邻镇'，那个'首先'是什么意思？难道还有别的案子？"

科长搔头说："是的，实际上还有一起绑架案……"

"什么？"

"这起绑架案的地点稍远一些，但也在县内。一户姓火村的人家的女儿被绑走了，这个小孩也是五岁。"

"哦，那是火村亚矢。"政子说，"也是健太的同班同学。"

"怎么回事？"野田低吟道，"这两个孩子确实是被绑架了吗？不是单纯的下落不明？"

"确实是被绑架了，绑匪给孩子家里打过电话。"

"怎么说？"

"很奇怪，说详情去问福富家。"

"看来是同一个绑匪作案了。赎金呢？"

"只字未提。"

"搞什么？那小子到底在打什么主意？"

这时，桌上的电话响了，福富政子以迅雷不及掩耳之势抓起话筒："这里是福富家。"

"嘿，是我，绑匪。"还是和上次同样的声音，不慌不忙地报出身份，"按照约定，让你听听令郎的声音。"

"快让我听听！快点！"

隔了几秒，电话里传来儿童的声音："喂，是我。"

"健太，是健太吧？我是妈妈呀，听得出来吗？"

"嗯，听得出来。"

"你现在在哪里？那是什么地方？"

"我不知道，一醒过来，我就在这里了。"

"那是个什么地方？"

"是个黑乎乎的小屋子。"

"哎呀，好可怜。精神还好吗？没有受伤吧？"

"嗯，没有。"

"吃过饭了吗？"

"吃过儿童餐了，挺好吃的。啊，等一下，人家说只能讲到这里了。"

"喂，健太！"

听电话那边的动静，话筒已经从健太换到绑匪手里，那个男人的声音又响了起来。

"如何，他好得很吧？"

"是还好……且不说这个，你什么时候把健太还给我？"

"当然要等顺利完成交易以后。"

"一亿元我已经准备好了，请尽快完成交易。"

"不用这么忙。难得健太小朋友的朋友也来了，还是慢慢进行吧。"

"什么？"政子不由得提高了声音，"绑架月山、火村家孩子的人，果然也是……"

"没错。挨个给小孩父母打电话太麻烦了，干脆一概都找府上交涉。不介意吧？"

"那倒没问题，但你为什么要绑架好几个人？如果想要大笔赎金，健太一个人就绰绰有余了。"

男人在电话那端窃笑："可不止'几个人'那么简单，你早晚会明白的。"

"咦？"

"算了，总之我自有理由。县警本部长野田应该在你那里吧？如果方便，让他来接听。"

"噢，好。"政子诧异地把话筒递给野田。忽然被绑匪指名接听电话，野田一脸困惑。

"我是野田。"为了不被绑匪小看，他刻意说得威势十足。

"呵，辛苦你了。这可够你忙的吧。"

"是啊。"野田差点就想说"多谢关心"，话到嘴边赶紧打住。绑匪的声音听起来很年轻，但那独特的语气令他觉得仿佛在哪里听过，险些不自觉地流露出谄媚的态度。

野田干咳了一声后说道："找我有什么事？"

"我说，你也用不着这么装腔作势嘛。"

"哪里装腔作势了！你这是什么态度，太嚣张了！明明是个绑匪。"

"呵呵。"电话那端传来低笑，"是你自己架子摆得太足了好不好？如果对我的态度有意见，大可不必交易。"

福富政子惊慌地连连摇头。野田只得压下怒火。

"你不是有话要跟我说吗？那就说来听听。"

"是啊。请你帮个忙，准备二十辆巡逻车，停在福富家中待命。明白了？"

"二十辆巡逻车？干什么用？"

"交易的时候需要。至于详情就敬请期待吧。"

"要等到什么时候？"

"我尽量动作快点。稍后我会再打电话，就这样。"

"慢着——"不等野田说完，电话已经挂断。野田回头望向部下："这次通话时间这么久，总该有个像样的追踪结果了吧？"

"应该是。"

说话间电话响了,部下马上接起。

"喂,追踪结果出来了?哦,哦,什么?"部下的表情古怪地僵住了,"我知道了……"他开始做笔记,但表情还是很失望。

"从哪里打来的?"部下一挂断电话,野田立即发问。

"是这样,"部下边看笔记边说,"绑匪似乎是侵入各国电脑,再利用先进的网络中转功能打出电话。根据报告,刚才的电话来自德黑兰。"

"德黑兰?上一次是喀麦隆,这次又是德黑兰。之前的踪迹查不到吗?"

"不,最近追踪技术也有了进步,可以追查到电话是从哪里中转过来。"

"那不是很好?"

"追查结果显示,从德黑兰打出的电话是从圣多明各,也就是多米尼加共和国的首都转过去的。圣多明各之前是刚果共和国的布拉柴维尔,布拉柴维尔之前是苏里南共和国的首都帕拉马里博。很遗憾,到这里已经是追踪技术能探查到的极限了。"

"知道了,算了。"野田摇摇手,"放弃追踪吧。对了……"他转向政子说:"关于赎金问题,有点事需要和您商量。"

"什么事？"

"看样子绑匪除了健太，还绑架了其他人，我想他一定会分别索要赎金。其他家庭未必有能力像府上这样，轻而易举地立刻预备好一亿元，为了迅速应对绑匪的要求，可否助这些家庭一臂之力？"

"我明白了。其他人的赎金就由我们先垫付。"福田政子爽快地回答，尔后似乎忽然想起什么，"不，不必垫付，全部都由我们来负担吧。"

"全部？"野田吃惊地问。

"对。条件就是，"政子锐利的视线投向县警本部长，"警方向媒体通报这一事件时，要把我们负担的金额全部算作健太一个人的赎金。"

"原来如此。那其他孩子的赎金就变成零了。"

"不行吗？"

"不不，我看没什么不可以。您的意思我明白了，我会尽力办到。"

野田暗想，像福富政子这种级别的富豪，连儿子的赎金也非得摆摆排场。

"那么，到底要准备多少钱呢？如果是一人一亿……"

"是啊，听绑匪的口气，不止绑架了两三个，可能需要准备五六亿吧。"

"如果是五六亿,金库里应该就有,对吧?"政子回头问存在感如影子般稀薄的丈夫。

"是啊。我过去看看。"

福富良夫刚站起,好几个刑警争先恐后地冲了进来。

"不好了!又有绑架事件发生,两个人被绑走了。"

"我这边也是,一个男孩被绑架了。"

"我这边有三人同时被绑架。"

"什么?"野田顿时红了眼,"这下总共……"他屈指一数,"有九个人?"

这时又有刑警冲进来。他们喘着粗气,异口同声地向野田报告同样的内容。

7

"好了,我的任务已经大功告成了。"打完电话,宝船开口说,"钱老哥你呢?"

"我也已万事俱备。按照计划,今天夜里所有地域都将布置完毕。"钱箱看着电脑屏幕回答。屏幕上显示出一幅地图,上面有几个小点闪烁不定。

"终于要交接赎金了。"福富说,"但愿一切顺利。"

"我们出手,哪有不顺利的道理?"宝船充满自信地回应,"对吧,钱老哥?"

"就是。宝船的脑筋再加上我的高科技,绝对是无往不利。"

"更何况还有我们三个人的财力。"

"我知道,可小说和电视剧里常说,绑架案里难度最大的就是交接赎金这个环节。"福富依然忐忑不安。

"但反过来说,这也是最有戏剧性、最富趣味的环节,最能展现出绑匪的身手。假如少了这个环节,就像跑了气的啤酒,一点都不刺激。"

宝船说完,钱箱也诡谲地笑了:"我已经开始期待明天的好戏了,嘿嘿嘿。"

"好了,我们去看看那些孩子的情况吧。"

宝船站起身,钱箱和福富也发出"嗨哟"一声站起来,依照惯例各自戴上面具。这次连福富也戴了个黑猩猩面具,为的是避免被其他孩子看到长相。他已经私下叮嘱过健太,黑猩猩的真实身份就是外祖父这件事,绝不能透露给其他孩子;同时又向孩子们解释说,他们是受各位爸爸妈妈之托,接大家来这个游乐园小住两三天。

三位老人分别戴着猩猩、大猩猩和黑猩猩面具离开建筑物,走进游乐园,然后坐上米老鼠驾驶的电动汽车,在游乐园里兜了一圈。

"哦,看到了看到了!"钱箱大猩猩指着前方说。

只见长椅上并排坐着三个男孩,全都在无所事事地发呆。

老人们在他们面前停下车。

"怎么了小朋友?怎么不玩呢?"钱箱搭讪道。

三个男孩面面相觑,谁也不作声。

"不喜欢游乐园吗?"钱箱又问。

坐在右边的男孩子摇了摇头。

"那就是喜欢了?"

这回三个人都点了点头。

"那为什么不去玩呢?这里有各种游乐设施,去玩玩好不好?"

三个人再次面面相觑,沉默不语。最后中间那个男孩礼貌地开口了:"请问,我们应该去玩什么?"

"玩什么?喜欢玩什么就玩什么啊,这还用想吗?我看旋转木马就不错。"

"好,那就去玩旋转木马。"中间的男孩站了起来,两边的男孩也跟着站起来。

"不玩旋转木马也没关系,那种转个不停的咖啡杯也很有趣。"

钱箱话音刚落，正要迈步的三个人又停了下来。

"那就去玩咖啡杯。"刚才那个男孩说，三个人转而朝咖啡杯走去。

"喂，等一下。"钱箱叫住他们，"不用我说什么你们就玩什么，你们自己想玩哪个？"

三个男孩再次互相看了看，哭丧起脸来。

"咦，这是怎么了？为什么要哭啊？"钱箱慌了手脚。

"我明白了，好了好了别哭了。"宝船从旁开口，"这样吧，你们先坐咖啡杯，然后坐旋转木马，其他游乐设施按照字母顺序依次去玩，可以吗？"

不可思议的是，三个男孩马上不哭了，用力点了点头，迈着坚定的脚步走向咖啡杯。

"奇怪，这是怎么回事？"钱箱目送着他们嘟囔。

"他们是'等待指示族'。"宝船说，"因为从小就被教育，无论做什么事都必须遵照父母和老师的指示，结果变得没有指示就什么都不会做。"

"那不和近来的上班族没两样吗？"钱箱说。

"原因是同样的。只不过小孩入学考试难的问题日益低龄化，症状也出现得更早罢了。"

"唉，日本快没救了。"

听了这番对话，福富觉得无法漠然视之。外孙健太来到这里后也一直念念不忘学习，那种执着不就像近来上班族罹患的工作狂症状吗？

老人们继续乘车漫游，观察其他孩子的情况。有个女孩担心弄脏了衣服被妈妈责骂，别说上车去玩，连坐在长椅上都不敢，一直站在一个角落。还有个男孩虽然热切地望着过山车，却说什么也不肯自己去坐。老人们询问原因，他回答"因为我不太会玩"。显然，他已经被一种强加的观念缚住了手脚，认为任何事情要么不做，要做就必须做得漂亮。

"怎么搞的，这些小孩一点都没有小孩的天性。"一圈转下来，钱箱叹道，"简直就像是身心俱疲的中年人变来的一样。"

"是这个社会有问题。"宝船吐出一句话，"这么小的孩子就得整天埋头学习，能有什么好结果？他们的父母丝毫没有发现，其实这些孩子早在被我们绑架之前，就已经被绑架了——被学历社会这个妖怪绑架了。"

8

次日早晨，一辆辆巡逻车依次开进福富家的大门。这是野田调来的,其中有几辆同时担负现金运输车的保卫任务。现金运输车里堆着二十亿元,换句话说,包括福富健太在内,被绑架的孩子正好是二十人。这是健太所在幼儿园班级的总人数。

除了健太,其他十九个孩子的父母也都集中在福富家,此外福富家所有的亲戚,福富财团相关企业的社长、董事、监事,以及文化界知名人士等等也都汇聚一堂。会客室因此显得局促不堪,福富家便将举行宴会用的大厅用以待客,所有人都在大厅里静候消息。但其实在绑匪来电话联络之前,根本无事可做,每个人都百无聊赖。政子一向不允许有慢待来宾的事情发生,见状认为不能听之任之,当下火速请来交响乐团,开始演奏一场小型音乐会,又担心可能有客人饿了,特地从闻名遐迩的餐厅招来大厨,奉上立餐形式的菜肴供客人随意享用,俨然变成了一场宴会。

"今天为了犬子健太被绑架的事件,承蒙诸位亲朋好友赶来相助,我们深表感谢。"政子开始致辞,"有大家的全力支持,相信健太一定会平安获救。我们已经按照绑匪的要求,准备好了健太的二十亿元赎金。"说到金额时,她似乎微微挺起了胸膛,声音也抬高了少许。来宾发出一阵惊叹。

其他被绑架孩子的家长也都在场,但谁也没对政子的发言提出异议。毕竟全部赎金都由政子代为承担了,此时自然不便说三道四。

"接下来,有请一位今天即将大显身手的嘉宾简短致辞,他就是我们治安的守护者,县警本部的野田本部长。"

野田正满心烦恼地看着来宾,冷不防被政子点到名字,不由得大吃一惊。

"哎呀,我就算了。"

"有什么关系,就让我们听听你的决心吧。"

野田终归不得不站到台上。

"我是县警本部的野田。今天我们无论如何都会将可恶的绑匪逮捕归案,决不辜负大家的期待。"

野田说完,众人纷纷欢呼:"太好了!""日本第一!""本部长万岁!"

野田流着冷汗走下台,部下冲了过来:"本部长,收到了绑匪寄来的包裹!"

"什么?你确定?"

"我想不会有错。"

"你怎么知道是绑匪寄来的?打开看了?"

"还没有,但一看就知道。为防万一,我们把包裹运到了后院。"他说的"万一",是指包裹里可能藏有炸弹。

"很好。"野田向福富政子通报了情况,两人一起来到后院。

那里堆了许多纸箱，数一数共有二十个。

"这些全是绑匪寄来的？"

"是的。"

野田首先看了一眼寄件人栏，那里只写了两个字："绑匪"。原来是这样，的确一眼就能看出是绑匪寄来的。

按照野田的指示，拆弹小组采取远程操作的手法，小心翼翼地开启一个纸箱，其他人则远远围观。没多久箱子打开了，但并未发生爆炸。箱子里装的是天线锅和看似通信装置的设备。

"这是什么？"野田仔细打量箱里的东西，百思不得其解。随后他又将其他箱子全部打开，发现里面的东西一般无二，只是天线锅上分别刻着一到二十的号码。

就在这时，福富家的男仆跑了过来。"有您的电话。"

"谁打来的？"

"呃……"男仆抓抓脸颊，"对方说是绑匪。"

野田冲到会客室，拿起话筒。"我是野田。"

"包裹已经送到了吧。你打开看了没有？"

"打开了。那到底是什么玩意儿？"

"没什么稀罕的，就是个卫星电话，利用通信卫星工作。里面附有说明书，好好看一看，应该就会用了。天线锅安装到车顶上。"

听绑匪口气不小,野田压着火气问:"你到底要我们怎么做?"

"首先,把准备好的赎金分装到二十辆巡逻车上。"

"那就是每辆装一亿元了?"

"咦,你们准备了二十亿?"

"不对吗?一人一亿,加起来不就是二十亿?"

"原来如此,这样也好。装好赎金,再把卫星电话分配到巡逻车上,电源接上汽车的点烟器插孔。另外,天线锅上刻有号码,你注意到了吧?"

"嗯。"

"我就直接把天线锅号码当作每辆车的代号了,这一点你要对各车的警察交代清楚。还有,你坐一号车,因为你是负责人,没你在场说不定会有不便。"

"可以,反正我本来也打算坐车。"

"你倒挺知趣的,不错,不错。我会通过无线电给你们指示,二十辆车的通讯频率各不相同,你们要特别留心。"

"你就是为了联系方便,特意准备了卫星电话?"

"没错,不行吗?等一会儿你们要稍微跑点远路,我怕你们的无线设备和手机收不到信号。"

他究竟要把我们支使到哪里?野山暗自诧异。

"等你们完成上述准备工作,下午六点前,警察要坐上巡逻车，确保随时可以出发。好了，你还有什么要问的？"

"你什么时候把孩子还回来？"

"那要等交易完成了再说。那么，六点再联系。"

通完话，野田吩咐部下准备相关事宜，之后立刻与搜查一科科长等人研判案情。

"绑匪要求把赎金分装到二十辆巡逻车上，究竟目的何在？"野田率先提出疑问。

"或许他觉得二十亿元由一辆车来运目标太大了？"一名刑警说。

"就算这样，一辆车运一亿元，未免也太浪费了吧？"搜查一科科长反驳。

"我还是觉得，绑匪意在给调查制造混乱。从警备的角度来看，二十辆车也太多了。"

"有道理。"野田赞同，"也就是说，绑匪的目的在于削弱每辆车的警备力量？"

"除此之外，我想不到别的理由。"

"也不知道绑匪会要求我们跑到什么地方，总之先向邻县警方申请协助。另外火速备齐二十部手机，分发给各巡逻车上的人，免得路上失散。"

终于，六点到了。

"野田在吗？"野田正坐在一号车的副驾驶座上等待，

卫星电话的喇叭里传出了声音。

野田拿起话筒。"我在这里。"

"好，可以出发了。先沿公路南下，然后上东名高速，按照限速在下行线行驶。"

"要开到哪里？"

"这你不用操心，现在就出发。"

电话挂断了。野田无奈，下令所有巡逻车一齐出发。

9

墙上的大屏幕显示出一幅地图，上面有二十个小点正在移动，每个小点旁分别标着数字一到二十。

"马上就到岔路口了。"钱箱说。屏幕上的二十个小点正整整齐齐地排成一队，由东往西在高速路上行驶。"差不多该下达指示了吧？"

"是啊。"宝船拿起话筒，"野田，你好。"

"我是野田。"监听器里传出愤愤的声音，钱箱一脸忍俊不禁。

"到下一个高速出口，一号车到十号车下高速，十一号车到二十号车继续沿高速行驶，明白了？"

"为什么要分成两队？"

"这个你自己好生琢磨。总之，照我说的办。"

"知道了。下一个出口一号车到十号车下高速，这样就可以了吧？"

"你就这么吩咐部下。"

"一号车到十号车下高速后该如何行动？"

"一下高速，很快就是一个T字路口，在那里右转，照直往前开。"宝船挂断电话，看了看地图，"到达下一个岔路口是在三十分钟以后。"

一号车在指定的出口下了高速，依照绑匪指示在T字路口右转，二号车到十号车也紧随其后，车队后面还跟着巡逻车、厢型货车、警用摩托等警备用车。即便在高速公路上，这种戒备森严的车队也令其他司机胆怯，到了普通公路愈发显得异样，行人纷纷伸长脖子朝巡逻车的前方张望，以为发生了什么大事。

"那混蛋绑匪，果然是要把我们分开。"野田恨恨地说。由于车队分成两路，警备用车也必须各减一半。

忽然，手机响了，野田立刻接起，是十一号车上的搜查一科科长打来的。

"刚才绑匪来了指示。"

"怎么说？"

"他说到下一个出口,十一号车到十五号车先下高速,再重新进入上行线,返回来时的道路。"

"什么?又要分散?"

"该如何行动?"

"没办法,你就照他的要求做吧,警备车队也分成两队。"

"明白。"

挂了电话,野田不禁呻吟:绑匪葫芦里到底卖的什么药?

卫星电话里传出声音:"喂,野田,是我。"

"又要干吗?"野田怒吼。

"呵呵,你好像火气大得很呀。趁早别给我摆这种臭脸,小子。"

"啰唆!你这是什么语气!不要狗眼看人低!"

"少安毋躁,你们马上就到通往富十五湖①的道路,上那条路,一直开到河口湖,从那里上中央道。听清楚了没有?"

"然后呢?"

"到时再联系,拜拜。"对方径自挂断了。

野田等人的车队驶入中央道后,立刻又接到绑匪指示。

"到了大月立交桥,一号车到五号车走下行线,其他车

---

①富士山周边位于山梨县境内五个湖泊的总称,包括河口湖、山中湖、西湖、本栖湖、精进湖。

走上行线。"

"慢着,告诉我最终目的地!"

"你就算知道了也没用,所以也别惦记了,只管照我的话开就是。"绑匪三言两语说完,不等野田回话便自行挂断。

"可恶,根本就是牵着我们的鼻子走!"野田咬牙切齿地说,但事到如今,也唯有依照绑匪指示行事。

不久,到了大月立交桥,野田等五辆巡逻车走下行线,其他车走上行线,警备车队也再次减半。

"绑匪是想利用这种手段削弱警备力量,绝不能让他得逞!"野田拿起手机,给十一号车上的搜查一科科长打电话。

"这里是十一号车。"科长的声音响起。

"我是野田,你那边情况如何?"

"我们现在正在首都高速上行驶,马上就要分成两路了。"

"分成两路?怎么个分法?"

"十一号车到十三号车经练马上关越道,十四号车和十五号车则上东北道。"

"警备方面呢?"

"老实说,很薄弱。"搜查一科科长的声音有些无奈。

"立刻和沿途的警方联系,请求支援。"

"是。"

"你把我的指示转达给其他巡逻车。照现在这情势，只怕会一辆辆分散得七零八落。"

"明白。"

和搜查一科科长通完话，野田又和其他车队联络。十六号车到二十号车正在东名高速上西行，目前还没有分散。但一过名古屋，就有好几个岔路口，届时一定会被分开。

刚全部联系完毕，挂断电话，卫星电话就传出绑匪的声音，好像正等着这一刻。

"马上就到冈谷立交桥了，你们继续向西行驶，至于四号车和五号车，我会指示他们开往松本方向。"

"把我们支得这么散，你究竟在打什么主意？这样你也得东奔西跑接收赎金，不是很辛苦吗？"

"多谢关心，但我们不需要跑腿，只有你们才要到处跑。再见。"

10

时间已是凌晨两点，宝船满太郎大大地打了个哈欠。

"才这个时候就开始犯困了，想当年，喝酒喝到天亮也满不在乎。"

"你过去可是公认的夜游之王,如今也年岁不饶人了?"钱箱窃笑道,"还得再撑一会儿。"

"嗯,我知道。他们大都已经接近我们指定的位置了。"宝船看着墙上的屏幕说。

二十个小点此刻已星散在本州各地,最西端到了冈山县,最北端到了岩手县,这两辆巡逻车都已远离市区,深入山中。其他十八辆的情形也都差不多。

"把他们支使到那种荒郊野岭,真的没问题吗?"福富忧心忡忡地问。

"你看着好了,等一会儿我就要对各辆巡逻车逐一发号施令。可要讲二十遍,倒也不轻松。"宝船接通卫星电话的电源。

野田不耐烦地望着前方的黑暗。他乘坐的一号车正行驶在石川县和岐阜县的交界处,周围森林环抱,又是深更半夜,现在自己一行正驶往何处,野田和驾车警官都心里没底。

卫星电话里传出声音:"哎呀,你们辛苦了。"

听到绑匪逍遥的声音,野田顿生一阵杀意,这都是被困倦和疲累激出来的。

"你到底要我们去哪里?"野田厉声质问。

"快了快了。你们放慢速度开上一公里，然后向右转，有条小路，沿小路开过去，尽头有一座古庙，庙里放着一个大号纸箱，你们拿出箱子，打开，里面有下一步的指示。那么，路上小心。"

"赎金呢？"野田追问，但对方已结束通话。

无奈之下，野田只得依言交代驾车警官。往前开不多远，果然如绑匪所说出现一条小路，巡逻车便拐了过去。

没多久路到尽头，赫然有一座看起来坍塌在即的小庙。野田下了巡逻车，活动一下筋骨，朝古庙走去。

推开庙门，只见里面放着一个纸箱。野田和驾车警官合力将其搬到庙外的平地上，打开箱盖。箱里装着一沓看似红色塑料薄膜的东西，还有一个黑色方盒，盒上有盖，盖上留着张字条：

打开黑色盒子，把五百万元放进去，合上盖后，按下盒侧的开关，然后从纸箱前退开。就这样。

"只要五百万，真奇怪。"驾车警官说，"都已经专程运来一亿元了。"

"总之先照绑匪的话做吧。"

野田从巡逻车里取来赎金，将一百万元一捆的钞票放进盒里。盒子不大不小,刚好能装下五捆钞票。

合上盖后,野田再次端详了一番方盒,按下盒侧的开关。

才一按下,纸箱里的塑料薄膜就势不可当地飞了出来。野田大惊失色,跌坐在地。

仔细一看,破箱而出的塑料薄膜,其实是充进了气体的热气球。热气球迅速膨胀开来,转眼间直径已达两米,悠然飘向空中,显然里面充的是氮气。就在野田等人的眼皮底下,热气球吊着那个装有五百万元的黑盒愈升愈高。

"快追!"野田吩咐道,随即坐进巡逻车。

但驾车警官在发动引擎时就很清楚,这是不可能完成的任务。热气球升得很高,渐渐融入夜色。

"不行,看不到了!"驾车警官抬头望着天空,发出绝望的叫喊。

野田急忙给其他人打电话,但不知是因为自己身处山中,还是部下所在的地方有问题,手机一直打不通。

"赶快开到市区!"野田命令驾车警官。

一路都是复杂的山道,离开这里至少需要一个多小时。电话好不容易能打通了,野田首先联系上了搜查一科科长。

"对不起,让绑匪得手了!"搜查一科科长的声音几近悲鸣,"我们如今在奥利根一带,大约一小时前,热气球带走了五百万元。"

11

今天全国有若干地区目击不明飞行物,据目击者描绘,该不明飞行物为球体,呈红色、蓝色等鲜艳色彩,飞行高度相当高。此外,在岐阜县的田间还发现一个坠落的粉色气球。目前警方尚未对上述事件发表任何看法。

热气球从野田等人眼前飞走后,已经过去了十多个小时。为了搜集热气球的相关信息,搜查本部忙得人仰马翻。

"实在不明白。"搜查一科科长无力地摇头。昨夜的奔波让他疲惫不堪,眼圈都黑了。"找到了几个坠落的气球,但全然没有现金的影子,也排除了有人偷偷拿走现金的可能。看来我们找到的并不是昨晚看到的热气球。"

"障眼法!"野田恍然拍桌,"绑匪怕我们追查到气球的去向,故意放出几个冒牌货,真是老奸巨猾!"

"自卫队也已协助我们展开搜索,但终究没能找到飞行中的热气球。"

这也难怪,野田心想。天空何其辽阔,要找到直径至多两米的热气球,绝非易事。

"自卫队表示,从气流情况判断,热气球很可能在今天黎明前飘向了太平洋方向。"

"这个推论的前提是热气球失去了动力吧?"

"没错……"

办案人员报告,热气球飞起时曾用手电筒探照,发现黑色方盒下方弹出折叠式小型推进器。很明显,绑匪在利用某种方法操纵热气球。

"卫星电话的来源查明了吗?"野田问。

"现在正在询问全国的制造商,钱箱电产集团也生产这种卫星电话,但他们回复称毫无线索。"

"问制造商恐怕问不出所以然。"野田点头,"但还是先围绕这条线调查吧,毕竟这是目前唯一的物证。"

"明白。"搜查一科科长满脸倦容地回答。

在游乐园里住到第三天,孩子们的表情终于活泼起来。他们开始自己拿主意去玩,不再畏首畏尾地害怕失败。秩序也逐渐建立起来,还有人担当起组织者的角色。总之,恢复了儿童应有的天性。

"太好了,太好了,小孩子就应该这样才对。你看他们那表情,多有生气!"望着那些在巨大的沙池里奔跑嬉闹的孩子,戴着猩猩面具的宝船不由得发出感叹。

"但他们好像开始想家了,昨晚由香里就在抽抽噎噎地哭鼻子。"福富说。

"这也是孩子气的表现,不打紧。撒娇本来就是小孩的拿手好戏。"钱箱说。

健太正忙着在沙池里挖坑道,想让玩具汽车从中穿过,忽然抬起头望着天空。"呀,热气球!"

其他孩子闻声也纷纷抬头望天。"啊,真的!""是红色的热气球!""朝这边飞过来了!"

三位老人也望着天空。红色的热气球准确地朝他们飘来,其他蓝色热气球紧随其后。钱箱取出怀表看了眼时间:"比预想的要早,看来气流情况很理想。"

"你究竟用的什么妙计?"福富钦佩地问。

"没那么神奇,只是从这里发出信号,把热气球吸引过来罢了。比较费心思的是怎样减轻电池的重量,但同时搭载太阳能电池也就解决了。"

"太了不起了!这个热气球的主意是钱箱老弟想出来的?"

"算是吧。我在战时负责设计过热气球炸弹,这回刚好派上用场。"

"那种炸弹的设计要求是落到美国领土上吧?"宝船问。

"没错。与漂洋过海相比，从本土飞个几十公里到岛上着陆，简直是小菜一碟。"

不久，西边的天空陆续出现五颜六色的热气球。热气球缓缓降低高度，朝游乐园落下。

"好了，大家快去捡吧。"福富招呼孩子们，他们很有干劲地跑了过去。

在孩子们的帮忙下，二十个热气球全部顺利回收。每个热气球上都携带着五百万元钞票，二十个加起来正好一亿元。现在只剩把孩子们送回去这件事了。与绑架时一样，还是利用特殊的催眠气体让他们入睡。

"你们都累了吧？在这个房间好好睡一觉，醒过来时，就会回到自己家里了。"福富对孩子们说。

"以后还会再带我们来这里玩吧？"一个男孩躺在床上问。

"嗯，一定会的。"

"大家回家后，第一件事想做什么？"戴着大猩猩面具的钱箱问。

孩子们思索片刻，异口同声地回答："念书。"

三位戴着猿猴面具的老人闻言，闭上眼睛，微微叹了口气。

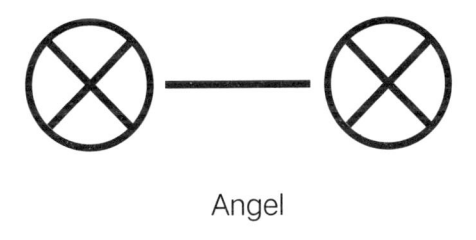

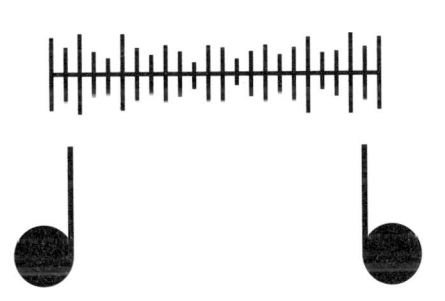

Angel

那种生物是在一座位于南太平洋的小岛上发现的，发现者是一位美国生物学家。他从几年前起就在这一带调查核试验的影响，看到那形貌令人惊异的生物时，难免联想到核辐射的作用，其他生物学家也同样如此。美国政府当即将这一重大发现列为绝密事项，要求研究小组尽快查明这种不可思议的生物的真面目。

从调查结论来看，经过诸多检查与实验，并未发现该生物与核试验的联系，也未发现对人类有害的因子。美国政府遂选择适宜的时机，准许学者将发现新生物的事实公之于世。

这条重磅新闻通过媒体传遍全世界的同时，新生物的名字已经取好了，命名者是研究小组的负责人。对他所取的名字，小组成员几乎毫无异议，因为确实再贴切不过了。

这种新生物的名称是——Angel（天使）。

Angel初次出现在公众面前，是被发现之后一年多的事了。自然，只是在电视屏幕上亮相。看到这种不可思议的生物时，人们无不目瞪口呆，不敢相信自己的眼睛，进而怀疑起媒体，以为若非有人恶作剧，就是电视台也与当事者串通一气开玩笑。以前英国报社就曾煞有介事地刊出报道，声称捕获了尼斯湖水怪。但报道发现Angel的那天并非愚人节，消息传开也不是一天两天的事了，况且报道媒体的负责人也没有面带惭色地发表更正声明。事实上，电视台的新闻主播也善解人意地预计到了观众的疑虑，播出Angel影像的同时，作了如下解说：

"各位观众朋友，以上新闻绝非玩笑，这种生物的确生活在我们不了解的地域，它的发现堪称一个奇迹。"

既然主播如此言之凿凿，观众也只能相信画面上的生物确实存在，转而惊叹不已。

Angel通体洁白，表面如果冻般光滑柔软，大者体长可达五十厘米，但大部分为十余厘米。有四肢，但通常只使用后肢行动，前肢形容为"手腕"更为确切。无尾。

从外形来看，Angel毫无疑问属于脊椎动物，但具体属于脊椎动物中的哪一类，学者之间也意见不一。

"Angel的繁衍方式是卵生，受精卵的形状酷似蛙卵，但有乒乓球大小，内核不是黑色，而是纯白色。从上述特征来看，它很像两栖类动物，然而幼体又不同于蝌蚪，而是一出生形态就与成体一样，更重要的是它生长于海中，这足以说明它并非两栖类，因为两栖类无法在海水中生存。但若说它属于爬行类或哺乳类，同样也很牵强，总之，目前唯一可以断言的，就是不论从身体结构还是从各器官看，它都是前所未有的生物。"

以上为在某新闻节目中担任嘉宾的学者的见解。

"部分人有这样一种意见，它可能是受核辐射污染，基因突变而产生的畸形生物。"主持人提到的这个观点很有市场。

对此，学者出语谨慎。

"目前我们尚未发现它与核辐射的关联，从它身上也未散发出任何放射线。"

主持人继续发问，这次是个普通观众喜闻乐见的问题。

"依您之见，它是否有可能是来自宇宙的生物？"

听到这个问题，学者依然表现得十分理性，既没哑然失笑，也没当场发作，而是以平静的口吻回答：

"我认为这种可能性同样微乎其微。对于构成Angel身体的物质,我们已经分割到分子进行检验,但没有发现地球外的物质。"

"既然如此,"主持人摆出一本正经的表情,单刀直入地问,"它究竟是何方神圣?"

"现在学界正对其遗传因子展开分析,其中比较权威的观点认为,它是由某种深海鱼类进化而来。"

"深海鱼类?"

"没错。但为何会进化成这种形态,迄今仍是不解之谜。"学者边说边将目光投向屏幕上的 Angel 的身影。

Angel 拥有五官,但依学者的看法,那并非五官,而是头部的突起。实际上它没有眼睛和鼻子,只有一张嘴巴,但嘴巴上方凹凸不平,凹处很像眼睛,凸起则俨如鼻子,头顶还长有头发。所有这一切组成的面孔,同传说中的天使别无二致,而它那雪白柔软的躯体也极像人类的婴儿。它还有一个显著的特征,或许是深海鱼时代的痕迹:拥有小巧的鳍。一对鱼鳍并列在背部,就像天使的羽翼。

Angel 在日本的首次成功展出,是由大阪某百货公司运作的。此前纽约和伦敦都已公开展出过,大阪排在世界第三。当时只有美国成功捕获了 Angel,所有 Angel 都集中在专门的研究所严格管理。要想举办展览,就必须向其租借,不仅要付出昂贵得惊人的契约金，手续也复杂得令人却步。大阪的百货公司之所以顺利搞定，无非是砸下比契约金更多的钱打通了关节。事实上出借的 Angel 原本已预定借给巴黎展览，却被大阪商人硬夺了过来。

但以 Angel 的价值，或许得罪法国政府也是值得的。为一睹这不可思议的生物，人们竞相拥向这家百货公司，连日来人满为患。

"请不要停步，请不要停步，各位前来参观的朋友，请紧跟着队伍往里走。好，请保持队形，排成两列进场。"

工作人员拿着喇叭不停嘶吼，此外还有警卫严密监控，防止有人偷带相机进去拍照，一旦发现，立即夺过相机，没收胶卷。

被当场夺包的人难免嘟嘟囔囔地抱怨一番，但当他们来到展出 Angel 的水族箱前，满腹牢骚立刻消失无踪。Angel 就是拥有如此诱人的魅力。

水族箱中有两只 Angel，一只体长约三十厘米，另一只则小上一半。箱中注有海水，较小的那只大部分时间都待在水中，游泳之际，背上类似羽翼的双鳍轻盈扇动，飘逸得有如天使在飞翔。较大的那只则时常爬上岩石模型，攀着箱壁，望着观众露出奇异的表情。它们没有眼睛，应该只是无意识的动作。

看到 Angel 后，最如痴如狂的当属年轻女性，她们面对水族箱时，只会反反复复说两句话：一句是"好可爱"，另一句则是"我也想要"。

一段时间后，全国各地都展出了 Angel。这主要是因为捕猎已变得相对容易，虽然其生活习性依然扑朔成谜，但大致的人工饲养技术则已经掌握。

"街谈巷议的 Angel 到来了！"

全国到处都有游乐园和动物园打出这种海报来吸引游客。以常理而论，如此一来，人们对 Angel 的热情将不复当初，它招揽游客的威力也会逐渐减弱。

然而 Angel 并没有重蹈澳洲伞蜥的覆辙，原因在于它们那独特的外貌。无论怎样科学解释，一般人总觉得它们的五官看上去就像人的脸孔，而且酷似人类的婴儿。不，准确说来，是酷似天使的面庞。而它们的身体手足也与绘本中经常出现的天使一模一样。因为实在太像了，反而使一些人感到不适，但大多数人都觉得着实讨人喜欢。

这种生物具有如此奇异的特征，自然不可能掀起一阵热潮之后就被迅速遗忘。它们从人人可以参观的展示品，很快升级为只有极少数人才能拥有的爱宠——它们开始成为宠物。率先养 Angel 当宠物的是某好莱坞女星，她还是美国某参议员的情人。

起初 Angel 颇为珍贵，只有演艺明星才有能力饲养，但后来逐渐进入普通家庭，因为随着人工繁殖的实现，得到它已不再像以前那般困难。

Angel 之所以如此深受欢迎，追根究底，一开始自然源于它那惹人怜爱的外貌。但没过多久，人们就发现这种宠物不仅赏心悦目，更有一个大大的好处，即学者早已知晓的 Angel 的食性。Angel 吃的东西与以前的动植物全然不同，它们以人类一直苦于难以处理的东西——塑料制品为食。

不知什么缘故，这白色天使吃的竟是塑料和树脂，泡沫塑料和保鲜膜也来者不拒。

以下是狛江市一个小学四年级男生的暑假日记节选，文中的"塔芭蒂"是他养的 Angel 的名字。

八月二日　晴

在宠物店买的食粮已经喂完了，我想做个实验，就把我的旧三角尺放进水槽，看看塔芭蒂吃不吃。一开始它没有动静，但很快就用两手拿起三角尺，接着分泌出黏滑的油状液体，三角尺一沾到这种液体，马上变得软绵绵的，塔芭蒂就像吃煎饼一样，大口大口地一扫而光。接着我来到厨房，从垃圾箱里拣出一个杯面盒，丢进水槽。塔芭蒂把它捧起来，这次没有分泌出黏滑的油液，而是像吃脆饼干似的，直接咯吱咯吱地啃开了。我还把塑料袋也丢了进去，塔芭蒂也一转眼就吃光了。

正如这篇日记隐含的信息所示，人们发现这种新宠物可以用来处理不可燃垃圾。不断猛增的垃圾不仅对日本，对世界各国都是头痛的难题，而 Angel 简直可说是解决这个难题的救世主。事实上，各地都在着手研究利用 Angel 处理垃圾的方法。

就这样，Angle 迅速融入人类生活，再也不是珍稀动物了。

到这个时候，必然会有以下这种人出现。

"嘿，有什么吃的吗？我饿了。"

"什么都没有。哪里有钱买吃的？你在壁橱里东翻西找也白搭。"

"喊，还真是啥都没有。啊啊，好饿。我说你呀，都穷成这样了，还有闲钱养 Angel？"

"不是我养的，是邻居寄放在这里，他要出去旅行一周。"

"自己都没得吃了,还帮人养这玩意儿,亏你干得出。"

"可它只要喂点垃圾就行了。"

"好像还真是。啧啧,长得倒挺可爱的,像个女孩子。"

"Angel 是雌雄合体,既不是雄性,也不是雌性。"

"这么说,它既不是男天使,也不是女天使?"

"是啊,它是由深海鱼类进化来的,和传说中的天使不相干的。"

"哟,它展开翅膀了!"

"那是背鳍好不好。"

"说到底它就是条鱼喽?嘿嘿,呵呵呵。"

"你鬼笑什么?"

"喂,这个可以吃的吧?"

"别说这么恶心的事。"

"为什么?这不是鱼吗?应该可以填肚子才对。"

"说不定是可以,但看到它这个模样,一般都不会去吃吧?喂,你干什么!别把手伸进水槽!哎呀——"

"哦,原来 Angel 是这种手感,和魔芋差不多,也有点像青蛙。你看,这大腿附近一定很美味,还有这肥厚的腹部,看起来很有油水。嗷嗷,我忍不住了!"

"喂,别乱来!这是别人寄养的,万一有个好歹,上哪里弄钱赔人家?"

"就对他说被野猫吃了呗。我都快饿死了,干脆试试拿它做菜!"

"住手,快住手!呜哇,你居然拿出菜刀!你是来真的吗?真的要吃掉?你把它放到砧板上干吗?什么,马上就要砍它的头?住手,别做这么残酷的……哇!你真干了!到底还是干出来了!你杀了人,不,你杀了天使!咦,你在找什么?头不知道掉哪里去了?妈呀,在这里,掉在这里!要我捡起来?这种事我怎么做得到!天哪,它一脸怨恨的表情,还在瞪着我,啊不,我是说看起来好像在瞪人似的。南无南无。不过它是天使,我应该念阿门吧?不管了,反正都一样。总之你快停手。哇!你剖开它肚子了!冒出来什么没有?都是黏糊糊的东西?嗬,那是内脏。哎呀,你又剁腿了!啊啊啊……已经大卸八块了。噢!居然就这么生着放进嘴里!你说什么?很好吃?瞎说!这玩意儿怎么可能好吃!叫我尝尝看?免了,我实在吃不下肚。真的很好吃?不是蒙我?要是说假话我可要发火啊。那我嚼嚼看……嗯,再来一片我尝尝。啊呀,想不到果然可口。嗯嗯,确实够味。你用平底煎锅?要煎吗?我看倒不如串起来稍微一烤……对对,就这样。好香的味道。蘸上酱油尝一下,啊呜啊呜……哇,太鲜嫩了!这味道不像普通的鱼类和肉类,有适度的脂肪,但又一点都不肥腻,刚一进嘴,美妙的滋味就弥漫开来,味觉冲击到达顶点的同时,Angel的肉也融化在舌头上。喂,你这家伙,居然背着我吃起屁股上的肉!我也要吃一口……哦,太棒了,世界上竟有这样的终极美味!伤脑筋啊,怎么跟它的主人交代?你说什么?头也很好吃?那我也再来一小口……"

将 Angel 捕来当作美食享用的主要是东方人,尤其以日本人最为积极。他们迅速发现 Angel 菜肴利润丰厚,起初还只有猎奇的饭馆提供这道菜,没多久一般餐厅也都纷纷推出,最后甚至出现了专营 Angel 菜肴的店。这种食材最出色的地方在于,无论做日餐、西餐、中餐,都可以烹制成宴席上的主菜。

"今晚我们要招待客户去吃天使火锅。"

"啊,好羡慕。我最爱吃 Angel 的头部了。"

"你是说那个长着卷发的地方?看来你内行得很。"

"那里口感特别爽脆。一边欣赏天使的可爱容颜,一边大口吃它的头部,这种感觉实在棒得不得了。"

就连办公室走廊上也不时会传出这样的对话。

但随之而来的也不全是好事。日本人食用 Angel 的消息在全世界传开后的第二天,抗议的声浪就从四面八方涌向日本政府。

"竟然做出如此残酷的事情，你们还是人吗？"

"食用天使是对神明的亵渎，简直是恶魔行径！"

"那么可爱的孩子，居然有人忍心剁碎了当成美餐，太难以置信了。我们对此深表悲叹。"

终于，就此事召开了国际会议，会议的议题一言以蔽之，就是"Angel 是否可以食用"。

"目前已知食用 Angel 对人类并无危害，调查结果也表明，Angel 的数量并未减少，因此食用 Angel 应该不存在问题。"这是日本政府的意见。

"这不是问题所在。人类身为万物之长，却可以心安理得地吃下酷似自己的动物，这种行为显然很不正常。"这是反对派的代表性意见，或者不妨说是欧美国家的意见。很明显，他们的反对理由主要是基于宗教因素。

"虽然 Angel 外表酷似人，但那只是偶然的相似罢了，实际上和我们人类没有任何瓜葛。"日本代表不甘示弱地反驳，"Angel 毫无智力，就算有，也只相当于青蛙的程度，难道贵国也不吃青蛙？"

"青蛙和 Angel 不一样！"

"哪里不一样了？"

"看到时产生的感受不同。Angel 的姿态令我们有种神圣之感。"

"那恐怕只是你们在想入非非。日本人看到 Angel，只会想到同名的点心。"

"所以日本人才常被批评缺少国际视野！就算是你们，看到酷似佛祖的生物时，也不至于想美餐一顿吧？"

"那可未必，如果好吃自然就吃啰。"

"真是走火入魔！"

就这样唇枪舌剑地吵了好几年，终于到了投票表决的时刻。食用 Angel 究竟是对是错，即将揭开分晓。

结果是反对票占了多数，从此 Angel 被指定为特别保护动物，严禁食用。

给事态带来意想不到变化的，是一起发生在休斯敦的事件。

事件主角是某电子零件制造商的老板。说是制造商，其实只是个从外包业者那里承揽 IC 基板制造工作的街道工厂而已。

这位老板习惯每天第一个到工厂上班，事发当天，他也一大早就独自在工厂里四处巡视，检查各方面情况，一边思索是否还有可以进一步合理化的环节。

随后他迈向仓库。那里地放着装满 IC 基板的纸箱，预定当天向发包的公司交货。这份订单期限紧迫，是他夸下海口一定比其他厂家早交货才揽到的。让他安心的是总算顺利赶上了交货时间。如果这次迟了，只怕就没有下笔生意了。

走进仓库时，他发觉脚边有动静，定睛一看，竟是一只 Angel。他不禁有些诧异，到底是从哪里跑来的？他想起从报纸上看来的消息，Angle 最近已野生化，踪迹随处可见。

紧接着他又听到奇怪的声音，咔嚓咔嚓响个不停。他打开仓库的灯，惊得当场呆立十秒，然后才反应过来，发出尖叫。

堆得与天花板等高的纸箱上聚集了几十上百只 Angel，它们打开纸箱，嘎巴嘎巴地大嚼里面的 IC 基板，基板上电子零件的金属碎片散落一地。

那天第二个来上班的是一位女经理，她正走在去办公室的路上，蓦然听到一声不知是怒吼还是悲鸣的叫喊。声音是从仓库传来的，她提心吊胆地赶到，一看到现场情景，立时大叫出声，这回可真是不折不扣的悲鸣了。

老板正挥舞球棒把 Angel 打得稀烂，而且还不是一只两只，他把几十只 Angel 一起扔进纸箱，然后拼尽全力挥棒猛击，只听一声闷响，Angel 半透明的白色肉块和体液四下飞散，他的身上、脸上溅满了滑溜溜的污物。他把眼前的 Angel 全部打死，又进入仓库，再次用拖车拖出一个装了几十只 Angel 的纸箱，像刚才一样大开杀戒，Angel 的头、手、脚飞得到处都是。

最后，他把 Angel 的尸骸点火烧掉。这时其他员工也都已来到工厂，他们呆呆地盯着老板的行动，谁也没去阻止。

"总之，当时我什么都忘了，一心只想保护自己的生活和工厂。它们把我宝贵的商品吃掉一大半，我心想这下生意全完了。一想到这里，我就再也忍耐不住。嗯，我知道它们是特别保护动物。但那又怎样？我也要过日子。你说它们是天使？开什么玩笑，根本就是恶魔。杀掉它们我一点都不后悔。要是下次再敢来吃我的产品，我照杀不误，把它们全部烧死。"以上是他恢复理智后的表示。

事后查明，他杀的 Angle 总数约有三百只。工厂往南二公里处有一座加油站，Angel 应该就是在这里繁殖的。证据就是，加油站还剩有两百只 Angel，附近的居民也曾遭过灾，电视、电脑都被 Angel 吃进肚里。

Angel 以塑料、树脂等石油化学制品为食，对石油更是情有独钟，这已是众所周知的事实。摄取石油后，Angel 的繁殖能力会比正常情况暴增近十倍，这在学界也已成为常识。此前一直没有发生类似休斯敦事件的情况，是因为它们通常栖息于水中，从未长时间在陆地上移动。但有关学者详细调查过这起事件后，发现 Angel 中已进化出适应陆地生活的种类。一般认为，野生的 Angel 都属于陆生种类。

不到一个月，同样的受害事件再次发生。全美各地频频爆发塑料制品被大量吃光的事件，而无一例外，在附近的加油站都发现了 Angel 的巨大巢穴。

深受其害的不只是美洲大陆，凡盛产石油化学制品的国家无一幸免。例如日本就发生过这样一件事，一家承揽不可燃物处理业务的公司使用 Angel 进行作业，结果一夜之间所有办公器材都被它们风卷残云吃个精光。Angel 还啃食电线的塑料外膜，导致漏电、停电事故频发。那些装修时用了塑料材料的家庭，连墙壁都被啃得一干二净。

最后美国政府调查发现，这群惹是生非的天使已经开始在一个至关重要的地方异常繁殖——油田。

各国首脑立即共聚一堂，紧急召开会议研讨对策，认定 Angel 为人类历史上危害最严重的生物，此时距指定它为特别保护动物还不足十年。

世界各地随之展开大规模消灭 Angel 的行动，有时使用火焰喷射器，有时连激光都赫然登场。更有国家出台奖励政策，国民可凭 Angel 的脑袋领取奖金。到了这个地步，把 Angel 拿来吃吃喝喝自然也毫无问题。但日本人还没高兴多久就发现，异常繁殖的陆生 Angel 不仅肉质坚硬，而且有股浓烈的汽油味，根本无法入口。美味的只有现今已很稀少的水生 Angel，而这种 Angel 只生活在南太平洋极有限的区域内，由于动物保护组织和环境保护团体的压力，目前依然禁止捕猎。

尽管各国兴师动众，陆生 Angel 的数量却全无减少的迹象，原因是尚未发现对付 Angel 的有效药剂，只能用打死、烧死等原始手段。人们不禁窃窃私语，照这样发展下去，地球上的石油化学制品迟早要被它们洗劫殆尽。

就在这时，事态忽然峰回路转。

找到解决之道的是法国的一个辐射能研究小组。这个小组原本致力研发辐射能清除剂。如何清除二十世纪五十年代以来积存在地球各处的辐射能，在当时也是科学界研究的课题之一。

辐射能清除剂试制成功后，以小型炸弹的形态投放在世界若干地点，结果不仅辐射能急剧减少，还发现了一个惊人的效果——生活在当地的 Angel 也随之灭绝。

不仅能清除辐射能，还能消灭有害生物，真可谓梦幻般的发明。对被 Angel 搅得焦头烂额的各国来说，这种命名为"Blue Earth"的辐射能清除剂无疑是天降救星。不久，曾经疯狂繁殖的陆生 Angel 彻底销声匿迹，存留于世的只有栖息在南太平洋的水生 Angel。

环境保护团体主张："南太平洋也应该投下 Blue Earth，如此才能完全清除辐射能，还我们一个美丽的地球。"

动物保护组织则声称："我们坚决反对在 Angel 栖息区域投放 Blue Earth。水生 Angel 原本就已濒临灭绝，此举势将导致该物种从此灭绝。"

"但 Angel 栖息区域残留大量的辐射能，将会给环境带来无穷隐患。"

"如此珍贵的生物，人类绝不能随随便便就将其消灭。"

从研究结果来看，Angel 的生存离不开辐射能。由于二十世纪频繁进行核试验，辐射能浓度不断增强，它们才得以繁衍生息。而它们的诞生是受海底核试验的影响，由深海生物突变而来，这一事实同样无法否认。

"地球必须清除多余的辐射能。"

"人类有责任保护其他生物。"

环境保护团体和动物保护组织之间的争论永无尽头。

距离地球七十八万光年的某行星上，一场对话正在进行。

"听说那颗星球的生态系统又有了些许变化。"

"哦？什么样的变化？"

"放射性物质的数量骤减，似乎是星球上占统治地位的生物清除掉的。"

"果然不出模拟实验的结果所料。"

"是啊，一切都在预料之中，包括统治生物对新生物的反应。"

"只要对那颗星球上的统治生物此前的行为模式稍加分析，很容易就可以料想到。他们表面上摆出重视其他生物的姿态，骨子里却极端反复无常，任性妄为。是否允许一种生物存续，全视对自己的利弊而定。"

"他们对待环境的态度也如出一辙。"

"没错。他们在环境方面的最大追求，就是尽量让自己居住得舒适，也因此才会去清除放射性物质。"

"蠢不可及！辐射能本来就是他们自己制造出来的。"

"像他们这种把星球糟蹋得遍地都是辐射能的情况，从宇宙范围来看，其实再常见不过了。对了，那种被他们称为塑料的合成物质泛滥成灾的情况也一样。"

"已有生物就是这样创造出此前不存在的物质，为新生物准备好一个适宜生存的理想环境。在广阔无垠的宇宙中，不断上演着这种统治生物你方唱罢我登场的戏码，只是他们自己不知道罢了。"

"现在他们正在拼命苟延残喘，清除辐射能是最后的挣扎了。"

"按照模拟实验的推演,之后将如何发展?"

"进入某个时期后,将会再度爆发肆意滥用辐射能的大战,这次连清除的余地都没有,将直接导致他们灭绝。"

"之后新生物的时代就会到来?"

"届时的环境会变得适宜新生物生存。"

"到那个时候,那颗星球会变成什么颜色呢?"

"估计是红色。"

"新生物想必会认为这就是星球本来的颜色,而在现在的统治生物看来,星球应该是蓝色才正常。"

"其实对那颗星球自身来说,蓝色也罢,红色也罢,都无关紧要。"

"的确如此。"

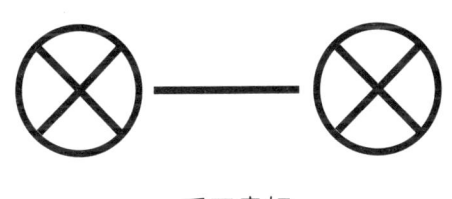

手工贵妇

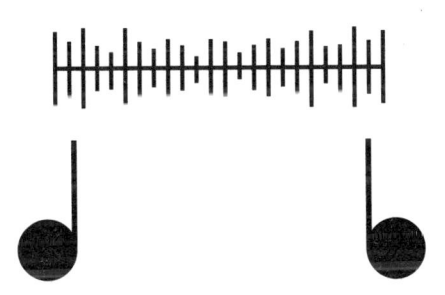

直到午后一点零五分,安西静子才走出家门。毕竟距目的地只有五分钟路程,而且那地方她也实在不想早早过去。 就当是一月一次的差事吧,静子想着。只有这样想,才能熬过那段郁闷的时间。

走在横贯社区东西的路上,静子的脚步远称不上轻快。

这座新兴住宅区里住着三百多户人家,大部分家庭的男人都在家电制造商"ABC电器"上班。这家公司距社区只有十来分钟车程,不夸张地说,这片土地简直是专为公司员工开发的。静子的丈夫自然也供职于ABC电器,隶属研究开发部,最近好不容易升上管理职位。

他们是一年前在这里买房的。刚买到盼望已久的独栋洋房时,静子每天都乐得心花怒放。

搬到新居约一个月后,静子知道了富冈夫人的茶会。这是鸟饲文惠告诉她的,文惠也住在同一个社区,丈夫在ABC电器担任IC设计科长。

富冈夫人芳名贞子,是ABC电器富冈董事的太太,而富冈董事正好分管研究开发部和IC技术部。换言之,对静子和文惠来说,富冈夫人就是"丈夫顶头上司的太太"。

鸟饲文惠告诉她,这位富冈夫人每月举办一次茶会,与会的都是"丈夫部下的太太",你也来参加吧。

刚听说此事时,静子觉得很麻烦,甚至不无抵触情绪,心想若要应酬上司,在公司里就够了,凭什么连私生活也得搭进去?丈夫也表示那种地方不去也罢。

但最后静子还是决定参加下一次的聚会。她认为在提升丈夫的印象分上,这样做多少可以有所贡献。

然而时至今日,静子万分后悔当初的决定。倘若从一开始就不参加,虽不会令富冈夫人对丈夫的印象加分,却也无须担心减分,如今冒冒失失地参加了,就很难再中途退出。今后许多年里,恐怕都得一直参加那个聚会。一想到这里,她的心情就沉重起来。倘若用漫画来描绘,自己额头上一定全是黑线,静子如此想象着。

富冈府的会客室里已经来了四位太太,其中鸟饲文惠、町田淳子、古川芳枝都是老面孔了，另外还有个静子没见过的年轻女子。鸟饲文惠介绍说，她是田中弘美，上个月刚搬过来，今天第一次参加这个聚会。

"请多关照。"田中弘美行了一礼。

"你太客气了。"静子回以微笑，心想又多了一个牺牲者。

富冈贞子来了。她看了眼墙上的时钟，又看了看在场的所有人。"山田太太和佐藤太太好像还没光临呢。"她那无框眼镜下的双眼似乎目光灼灼。

鸟饲文惠紧张地挺直腰杆，转向董事夫人。"噢，山田太太啊，听说她有亲戚过世，所以请假了。那个，真是很遗憾。"

"哎呀，是吗？那的确是件大事。"富冈夫人立刻同情地蹙起眉头，"那位过世的亲戚，不知是她什么人？外子知道这件事吗？等我请他视情况发个唁电。"

"不不，那只是个远房亲戚……啊，不过葬礼还是得参加一下……所以说，您无须费心发唁电了。"鸟饲文惠语无伦次，好不容易才挤出这些话。

"这样啊。既然如此，那还是暂时不发唁电为宜。那么，佐藤太太呢？"

"佐藤太太的孩子发烧，所以请假了。"这次换町田淳子回答，她就住在佐藤家隔壁。

"哦，感冒了？"

"我想是。"

"听说今年的感冒不是一般的厉害，稍后我去看看她，顺便带上点心。"

夫人这么一说，町田淳子顿时慌了手脚。"不过佐藤太太说，病情不是很严重，请您不必挂念……"

"是吗？可是感冒也不能掉以轻心。"夫人沉思着。

看到她这个样子，静子心想，这位肯定还是要去看望，还要带上"手制"的点心。

富冈夫人点完名后，茶会终于开始了。静子等人帮忙端过红茶和点心。今天的点心是戚风蛋糕。

"我觉得烤得很不错，孩子们也都夸好吃好吃。"夫人骄傲地挺起胸膛说。

静子一面报以微笑，一面用叉子切下一块。才一下手，她就忍不住想，这是什么呀？戚风蛋糕的特色是质地如海绵般轻盈，这块蛋糕却硬邦邦的。静子立刻得出结论，不仅调制得差劲，还烤过头了。送进嘴里一尝，口感果然很糟。

"嗯，很可口。"鸟饲文惠发表的感想却和静子全然不同，"松软丰润，简直入口即化。"

夫人笑得眯起了眼睛，然后说道："是吧？古川太太你觉得呢？"她问众人中特别热爱点心的古川芳枝。

"嗯……是啊，是很美味。"古川芳枝吞吞吐吐地说完，转而寻求静子声援，"你说对吧？"

"对，好吃极了。"静子别无选择，只得这样说。

获得预期的反应后，富冈夫人心满意足地喝着红茶。就在这时，一直表情复杂地吃着蛋糕的田中弘美忽然开口了："啊，差点忘了。"她拿起放在一旁的小纸包，递了出来，"我今天烤了曲奇饼带过来，不嫌弃的话，请尝尝吧。"

会客室里的气氛瞬间紧张起来。每个人都沉默不语，彼此察言观色，最后窥探起夫人的表情。夫人依然嘴角含笑，眼镜后面的双眼却隐现怒意。静子低着头，心里暗自埋怨这个新来的田中弘美，怎么做出这么不知趣的举动……

最后还是富冈夫人打破了这难堪的沉默。"啊呀，是吗？这是你的手艺？烤得挺好啊。既然特意带来了，大家就尝尝吧。"

"请，别客气。"田中弘美对紧张的气氛浑然不觉，把纸包推到餐桌中央。

"那我尝一块。"町田淳子诚惶诚恐地说着，伸出手去。

"我也来一块。"

"我也……"

"我尝尝。"静子也拈了一块。

好吃，这是她的第一感想。口感爽脆，伴着柠檬的香气，恰到好处的甘甜在嘴里弥漫开来。但她却不能将这份赞美告诉田中弘美，至少在这里不能。

"嗯，大家觉得怎么样？"或许是见众人都闷不吭声，田中弘美担心地问。

"我看嘛，还可以。"鸟饲文惠说，"也算得上好吃了。"

"烤得不错。"町田淳子说。

"还过得去吧。"古川芳枝说。

一说起感想，个个都含糊其词，田中弘美见状颇为不安，自己也尝了尝，旋即露出怏怏不乐的表情，仿佛在说，本来还觉得是我的得意之作。静子见状不禁微生怜悯。

"说到曲奇饼，"鸟饲文惠说，"还是前几天夫人招待的那款最棒了！"

她口中的"夫人"，自然就是富冈夫人了。自从尝过田中弘美的曲奇饼，夫人一直板着脸不说话，直到听到这句，才又展颜一笑。

"噢，那个啊。那个曲奇饼我还有哦。要尝尝吗？"

"要啊，当然要了！"鸟饲文惠说完，又寻求其他人的赞同，"你们说是吧？"

众人没吭声，但都点了点头。

富冈夫人离开会客室，余下诸人依然保持着沉默。田中弘美干巴巴地吃着自己的曲奇饼。

过了一会儿，夫人拿着个藤制的小筐回来了。"来，请用吧。"

藤筐里满满地装着焦茶色的曲奇饼。静子不禁感到不可思议：这人到底在想什么，居然一口气烤了这么多？

到了这个地步，想不吃也不行了。静子拿起一块放入口中，曲奇饼咬起来嘎吱嘎吱的，活像在嚼火山石，味道也甜腻死人。那不是曲奇饼的香甜，纯粹就是砂糖的甜味。静子忍不住伸手端起红茶，把嘴里的曲奇饼冲下去。再看四周，田中弘美和古川芳枝也都端起茶杯往嘴边送。

"我说得没错吧，"鸟饲文惠掩口说道，"夫人的曲奇饼最棒了！对不对？"

她在征求町田淳子的意见，町田淳子慌忙点头："是啊，一点没错。味道非常好。"

"品位确实不凡。"古川芳枝也说。

静子心想，要是这种味道也能算风味出众，那街头小吃也算得上高级大餐了。但想归想，她还是默默点头。再悄悄瞥一眼田中弘美，只见她一脸不满。静子心里捏了把汗，暗想她可别又脱口说出不该说的话来。幸好田中毕竟不是不谙世故的小姑娘，虽然脸绷得紧紧的，终究闭着嘴没作声。

"这个藤筐也是夫人自己做的吗？"町田淳子将盛着曲奇饼的小筐托在掌心问道。她大概想把话题从曲奇饼引开。

富冈夫人顿时容光焕发。"是啊。呵呵，做得不太好，见笑了。"

"没有的事，做工这么精致，我还以为是从店里买的呢。"

"是吗？听你这样说，我就放心了。"夫人重新戴上眼镜，望向町田淳子，"不过，店里的商品也未必就质量上佳，总会有地方偷工减料，还是自己亲手制作最好。"

"是啊，您说得是，确实是这样。"町田淳子连声附和，看起来有点急着弥补。

"啊，对了对了，差点忘记一件要紧事。"富冈夫人两手合在胸前，胖得圆滚滚的身体扭来扭去，"我有礼物要送给各位。"

"啊呀，是什么？"鸟饲文惠马上兴致勃勃地说道。

静子心里颇感腻烦，她偷瞟了眼町田淳子和古川芳枝的表情，两人脸上笑逐颜开，眼里却浮现出不安的神色。

夫人转身走出会客室，旋又抱着一捆布回来，摊到桌上。是一摞长约三十厘米、宽约二十厘米，由布片缝缀而成的手工作品。许多花布拼接在一起，看样子她是打算做拼布。

就算这样，静子暗想，就算这样，这恶俗的颜色搭配，毫无美感的排列组合，还有这拙劣的缝制方式……

"哟，很华丽的抹……"坐在静子旁边的田中弘美说到这里，急忙打住。静子心想，幸亏她及时刹车。刚才她肯定是想说"抹布",但这怎么可能是抹布?就算像到十足,夫人也不至于分送抹布给大家。

幸运的是,田中弘美的这句话似乎没吹到夫人耳朵里。夫人得意得鼻孔都鼓起来,拿起一块怎么看都是抹布的布片说道:"餐垫这东西很好用,对吧?所以我就自己做做看。"

众人霎时瞠目结舌,静子也哑口无言。这居然是餐垫?这么说,要把这品位庸俗的布片垫在餐具下吃饭?餐桌上要摆一排这种抹布……

"好漂亮!"鸟饲文惠蓦地狂叫起来,声音大得像要把大家的腹诽一扫而空,"太精美了,夫人。我老早就想买餐垫,只是一直找不到好的,着实很头疼。像这种品质精良的餐垫,打着灯笼也找不着。"

"是吧?我就想你们一定会喜欢,昨晚一直忙到深夜。"

"您何苦为我们这样劳神。"静子说。这是她的真心话。

"我这是乐在其中,你千万不要觉得过意不去。好了,大家来挑选自己喜欢的吧。町田太太家里有五口人,那就要用五块,你看这块,这块,还有这块怎么样?"

夫人把自己的手工作品依次硬塞出去,静子也不得不收下四块压根就不想要的餐垫。或许夫人人并不坏,但这样真叫人伤脑筋,静子暗想。说穿了,这个所谓的茶会,无非就是为了恭维富冈夫人的手工作品。倘若她确实心灵手巧，做客人的也很愉快，称赞起来也有意义。可偏偏不知为什么，夫人做任何东西都在正常水准以下，而且她本人对此还毫不自知，这就令人很难应付。静子觉得夫人不光味觉不灵敏，说不定神经也出奇迟钝。

茶会结束后，静子带着夫人送的四块怪里怪气的餐垫，外加火山石般坚硬的曲奇饼离开了富冈府。

"喂，怎么搞的，别把抹布放在餐桌上！"史明下班回来，换过衣服，一走进餐厅就这样说。

"那不是抹布，是餐垫。"静子说，"至少人家是打算做成餐垫的。"

"富冈夫人的大作？"史明皱起眉头，"你还带了什么回来？"

"还有曲奇饼，装在那个袋子里。噢，你还是别吃为妙。"

"你不说我也不会碰。上次的香肠我已经吃够苦头了。"

"那个香肠啊，"静子叹了口气，"简直糟透了。"

"连蒲太都不吃。"

上次聚会后，静子带回了一大堆夫人自制的香肠。这香肠无论煎炒烹炸都没法入口。肉类腐败的臭味，加上调料的刺鼻香气，混合成一股令人作呕的味道，一夹到嘴边，马上胃口大坏，直犯恶心。总之，这香肠只能用可怕来形容。

两人说什么都吃不下去，便拿去喂家里养的狗蒲太，但对嗅觉比人类灵敏几千倍的狗来说，这股臭味只会更强烈。蒲太刚朝碟子迈了一步，立刻汪的一声惊叫，飞快往后直躲，夹着尾巴逃走了。就是这种人憎狗厌的魔鬼食物，富冈夫人分送给众人时居然还自令"果然只要吃过一次亲手做的香肠，就再也看不上店里的成品了"。她的味觉到底是怎么样的啊，静子实在觉得不可思议。

"还有那个意大利面，也一样没法吃。"

"哦，那个啊。"

在富冈府看到端出的那份面食时，静子还以为是炒乌冬面，等发现旁边附有叉子，才惊觉这烂糟糟的面条原来是自制的意大利面，最后少不得又当成礼物带回去许多。她本想凑合着做给家人吃，于是煞费苦心地烹饪了一番，但丈夫史明和孩子都抱怨说软绵绵没嚼劲，几乎没动筷子。

"怎么处理，这曲奇饼？"史明扬起下巴指指装曲奇饼的袋子。

"扔了吧，没办法。"

"小心别给邻居发现了。"

"我知道，我已经轻车熟路了。"

之前的香肠和意大利面最后都沦为厨房垃圾。但到了扔垃圾的日子，静子格外提心吊胆，生怕万一被人看到，特别是被茶会的同伴看到，就麻烦了。尤其这一带乌鸦又多，赶上垃圾回收车来得迟了，垃圾袋或许就会被乌鸦啄得一片狼藉。为防患未然，每次处理富冈夫人的手工作品时，静子都至少套上三层垃圾袋。

"这几块抹布，哦，不，餐垫，该怎么办？"

"是啊，怎么办呢？"静子思索着，这正是她头疼的地方。

"干脆当抹布使得了。"

"可我听古川太太说，富冈夫人偶尔会忽然登门，不露声色地察看自己送的礼物有没有被好好使用，然后才告辞回去。"

"咦？真的假的啊？"

"所以还是先放杂物房里吧。"

"真要命。"史明搔搔头，"喂，还有那幅画又怎么处置？就是挂在玄关，画着诡异食虫植物的那幅。"

"那个呀，也只能再挂一阵子吧。"

"唉，真要命。"史明又念叨了一遍。

挂在玄关的那幅画，是静子初次参加茶会的次日，富冈夫人亲自送过来的，说是恭喜乔迁新居的贺礼。不用说，自然是夫人自己画的。当时马上当着夫人的面装饰到玄关，一直挂到现在。每个人第一眼看到那幅画，一定会惊呼："哇！这是什么花呀？真恶心！"虽然富冈夫人自称她画的是兰花，但横看竖看都像是猪笼草、捕蝇草这类食虫植物。

"照这样看来，不管味道多可怕，也还是宁愿收到食物。虽然有点过意不去，至少可以一丢了之，不留痕迹。"

"收到这种得一直供着的东西才叫麻烦哩。本来要是还过得去，将就将就也就算了。"

"我听别人说，町田太太生小女儿的时候，富冈董事的夫人送了她一个自制的洋娃娃。那洋娃娃长得太恐怖了，她女儿一看就哇哇大哭。"

"呜哇，好悲惨！"静子想象着那情景，不由得对町田淳子深表同情。

其他几位太太对这种情况究竟做何感想，静子最近对此一直很好奇。收到不想吃的食物、不愿挂出来的手工艺品时，应该不会很高兴才对。只是，到目前为止，谁都没有公开表示不满。静子从没在垃圾场看到富冈夫人的手工作品，也没听说过这样的事。依静子的猜测，她们肯定是和自己一样，严密包裹后再丢弃，但她没有证据。

史明建议她和大家商量商量，静子则回答，要是行得通，也不用烦恼到现在了。万一有人偷偷跑去告密，岂不是得不偿失？

就这样过了好一阵郁闷日子，静子又接到鸟饲打来的电话，心情愈发沉重。鸟饲通知她，夫人有礼物要送给茶会的全体成员，请大家明天务必光临。如果谁有事去不了，以后夫人会亲自送来。

非去不可了，静子想。要是夫人亲自送上门，不管东西多糟糕，数量多离谱，也只能捏着鼻子收下。

"你对她强调一下，我们家人饭量小。"史明提议。静子说，自己都不知强调过多少次了。

第二天，静子愁肠百结地前往富冈府，按响门铃后，喇叭里没有回应，门侧却传出招呼声。

"安西太太，这儿，在这儿。"富冈夫人从庭院里探出头。她难得地摘了眼镜，衬衫袖子也挽了起来。

静子穿过门走向庭院。就在这时，一股异样的臭味直冲鼻孔。这该不会是……她立时想到某样食物。

来到院子里，只见茶会的常客都到齐了。她们看到静子时，也都露出百味杂陈的笑容。那已经不是苦笑可以形容，毋宁说透着几分痛苦。

庭院中央放着四个巨大的塑料水桶，富冈夫人伸手探进其中一个，揪出一棵足有儿童脑袋大小的白菜。

"这泡白菜看起来很诱人吧？我还是第一次腌菜，不过相信肯定会顺利成功。"

"这些都是夫人腌的吗？"稳妥起见，静子问了一句。

"是啊,全都是我腌的,到现在正好两周。"

"这分量真是可观。"

"我想着既然腌了,就请大家都来尝尝。白菜约有五十公斤……哦,好像是六十公斤,光蒜就用了将近一公斤,呵呵呵呵。"

听到这番话,静子只觉一阵晕眩。这么说来,今天要分送给大家的就是这泡白菜了?怎么会这样!她顿时感到绝望。夫人却全然无视静子的心境,径自从塑料水桶里拿出泡白菜,扑通扑通倒进准备好的大号塑料袋,依次分发给一旁的众人,还叮嘱说"回头别忘了反馈感想"。静子回过神时,两手也各拎着两个塑料袋。

这回谁也打不起精神捧场了,干劲十足的就只有富冈大人,她还说下次要挑战泡萝卜。趁她的泡萝卜还没做好,赶快搬走吧——静子认真地考虑着。

正如静子所料,带回的泡白菜立刻给家里惹来麻烦。她原想试着尝尝,就和史明挑战了一下,谁知才吃一口,两人就全吐了出来。"快扔掉!"史明带着几分恼怒地命令。

从把泡白菜带回家的那一刻起,静子就已决心要早早处理掉。搁得久了,只怕整个家都会臭不可闻。

问题在于怎样扔掉。垃圾袋根本挡不住这股强烈的臭味,就这样扔到垃圾场是行不通的。

两天后的上午,静子透过窗子张望垃圾场。九点过后,一看到垃圾回收车开过来,她马上拎起放在玄关的垃圾袋飞奔出门。只要争取垃圾第一个被回收,就能神不知鬼不觉地处理掉了,她盘算着。

但打这个算盘的不只她一个。

几乎同一时间,好几个家庭主妇拎着垃圾袋从不同方向出现了。一看面孔,都是茶会上的同伴。

她们难掩诧异,面面相觑,旋即望向别人拎着的垃圾袋,同时把自己的垃圾袋藏到身后。

垃圾回收车逐渐开近,但不知为何,感觉却格外漫长,众人尴尬地沉默着。静子心想,几个主妇拎着垃圾袋,一言不发地呆站在这里,旁人看到一定觉得很奇怪。但她也没有勇气放下垃圾袋就走。或许是心理作用,静子觉得有泡白菜的臭味飘散出来。她明知自己已经用保鲜膜包得够严实了,应该不会是自己的袋子出了问题,但想是这么想,心里终究忐忑不安。其他人也都神色慌张。

垃圾回收车终于开了过来,开始收集垃圾。静子把垃圾袋放到回收口旁以便尽早被收进去,随后没有走开,继续盯着清洁工作业。再看四周,其他主妇也都待在原地。

清洁工将几个垃圾袋放进回收口,小声嘟囔了一句:"这是泡白菜的臭味。"那一瞬间,静子看到所有人的表情都僵住了。自己多半也好不到哪里去，她想。挤出一个暧昧的笑容后，她回到家里。

就在这个周六，富冈夫人举行茶会。这一天人来得很齐，可能正因如此，夫人心情大好。

"看到你们都来了，我真是高兴。坦白说，我最近正在研究一个新玩意儿，和烹饪、缝纫完全两样，所以相当有难度，不过做起来很有意思，不知不觉就迷上了。"

"这回您挑战什么新项目？"照例又是鸟饲文惠凑趣。

"我很快就会展示给各位看。还需要稍等片刻，这段时间大家就先喝喝茶，聊聊天吧。"说完，夫人离开了会客室。

好一阵子，谁也没有开口。人们都沉默着窥探别人的态度。

过了一会儿，坐在静子身旁的古川芳枝终于凑近她问："那个，有点棘手吧？"

"什么？"

"我是说，"古川芳枝边留意周围动静边说，"泡白菜。"

众人霎时屏住呼吸。

静子佯作平静地点点头："是很棘手。"

"是吧。"芳枝看来松了口气。

"而且，"静子继续说，"量也太多了。"

"就是啊,"町田淳子也加入谈话,"我家有点吃不完。家里孩子还小,不太喜欢那种味道。不过,好吃还是蛮好吃的。"

"要是大人的话,那种味道就正合适了。"一个姓佐藤的主妇插嘴。

"可是我家也吃不惯,终究剩了下来。"

"味道太特别了,"田中弘美也说,"我家那口子一尝就说,这什么啊,味道真怪。"

众人顿时噤声。谁也没想到她会口无遮拦地说出"味道真怪",这也太直截了当了。但沉默并没有持续多久。

"说起来,味道有些特别的食物还真不少。"町田淳子说,"不光泡白菜,之前的香肠也是。"

"噢,那个啊。"

"没错没错。"

"臭烘烘的。"

"是有那么点。"

众人扑哧偷笑。

"上次的曲奇饼你们觉得怎么样?"古川芳枝问。

"活像在啃墙土。"回答的是平时专以奉承夫人为能事的鸟饲文惠。大家哄堂大笑。

"太甜腻了。"

"那哪是饼干该有的甜呀。"

"要说曲奇饼,还是田中太太烤的香甜可口。"

"对对,烤得真好,我们全都比不上。"

"咦?这样吗?听你们这么夸奖,我也很开心。"

"果然年纪轻悟性就是好,而这位夫人就……"町田淳子意有所指地笑了。

"毫无悟性可言。"鸟饲文惠替她把话说完,"怎么会这样啊?"

"不管做什么都一塌糊涂。"静子说。不知不觉间,她们的语气越来越没了拘束,但似乎谁也没有察觉。

"不光烹饪,缝纫也是。"

"可不是嘛。前一阵做的那个餐垫,简直是悲剧。"

"那玩意儿,早成我们家的抹布了。"

"我们家也是。"田中弘美笑得肆无忌惮。

就像解开了诅咒一般,众人都眉飞色舞起来。静子很久没体会过这种充实感了,她心想,如果茶会都像今天这样,就是天天开也乐意。

"对了,今天她要献什么宝啊?"町田淳子撇着嘴说。

"刚才她说了,既不是烹饪,也不是缝纫。"

"不会是做炸菜吧?要是弄什么难以下咽的饮料给我们喝,可怎么办?"

"你放心,只要假装手一滑摔了就没事。"

"哇!高智商犯罪!"

"嘻嘻嘻。"

就在这时,古川芳枝从桌下拿出一本杂志。"咦,这里有本奇怪的杂志,是董事看的吧?"

静子从旁凑过去一看,那本杂志是《电子工作》。古川芳枝哗啦哗啦地翻着,蓦地发现其中一页夹了书签。

一看那一页的标题,静子顿觉脸上血色尽褪。那标题是"你也可以制造窃听器"。

众人无言地站起身,四散寻找起来。不消片刻,田中弘美叫了一声,从花瓶背后拿起一个东西。

那是个小方盒,和杂志上刊登的成品一模一样。

鸟饲文惠推开会客室的门,动作僵硬得像机器人,脸色也苍白得可怕。静子心想,自己的脸色肯定也差不多。

她们先后来到走廊上。富冈夫人就在洗衣机前面。一看到她,静子等人顿时惊慌失措。

"不得了了!"

"白沫……夫人口吐白沫了……"

"得把夫人头部放低!"

"夫人,振作一点!"

程序警察

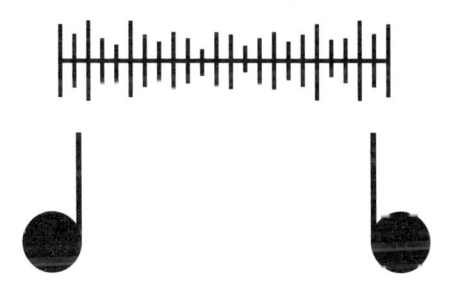

因为盛怒之下杀了老婆,我决定去自首。

本来当场打电话报警更好,但犯下杀人罪行后我恐惧难当,不假思索地冲出了家门,之后就像梦游一般四处转悠。没过多久,我意识到这并不是梦,而是现实。我开始恢复理智,觉得事已至此,这样逃避解决不了任何问题。

冷静思索一番后,得出的解决方案只有一个。我迈步走向最近的警局。上一次去警局,已经是两年前的事了。当然,那次和犯罪毫不相干,只是去更换驾照。记得那是栋老旧狭小的建筑。

说到这里我才想起,听说最近警局已旧貌换新颜,不光建筑焕然一新,连办案程序也大变样,但具体有什么变化我就不记得了。当时我觉得这和自己扯不上关系,也就没认真去听。早知道有今天,真该把每一句话都好好记住才对。只是,就算记住了,我也不觉得对自己现在的处境有什么帮助。

我拖着筋疲力尽的双腿来到警局前,抬起头打量这栋建筑。眼前这栋新盖的大楼与两年前我看到的风格迥异,外观就像一座银色金字塔,最底层占地宽广,愈往上愈狭窄,最顶层那尖尖的房间想必就是局长办公室了。这样的造型给人沉稳的感觉,看起来就像在对犯罪者发出召唤:"来吧,不论您来自何方,本局一律热忱欢迎。"

刚在玻璃门前站定,它就无声地自动打开,我做了个深呼吸,迈步走进。

一进去是个半圆形的大厅,正对着一排办事柜台,而在半圆的中心位置,孤零零地摆着一张办公桌,桌后坐着两名女子,一个很年轻,另一个已入中年。中年女子身穿女警制服,年轻女子则穿着红白条纹的衣服,稍稍倾斜的帽子上也有同样的条纹。看到我进来,年轻女子站起身,脸上堆出殷勤笑容。我觉得这样的表情常在街头看到,但究竟在哪里看到的一时却想不起。

"请问……"

"有什么事吗?"她马上问道。

"老实说,"我咽了口唾沫,一口气说道,"我是来自首的。"

"什么?"她脸上的笑容顿时僵住。旁边的女警捅捅她胳膊肘,悄声说:"是自首啊,自首。属于S1的情况。"

"噢,好的好的。"年轻女子低头瞥了眼手边,那里摊着个文件夹,里面密密麻麻不知写着什么。

她再次堆出笑容。"是本局已经受理的案件吗?"

"不,还没有受理,我刚杀了人……"

"刚杀……就是还没有报案的杀人事件?"

"是的。"

"那么您现在还不能办理自首手续。"

"不能办理?那我该怎么办……"

"请您先到二号窗口办理报案手续。"她语气明快地说。

"报案?可我是来自首的呀。"

"是的,但您需要先办手续,以便本局受理。"

说完,她看向旁边的中年女警,表情仿佛在问,是这样吧?中年女警朝她点点头表示肯定,然后望着我说:"这是规定。"

我满腹狐疑地走到二号窗口,那里坐着一个戴着眼镜、看似银行职员的男人,旁边放着一台电脑终端机。

"我杀了老婆,想要自首。"我说。

眼镜男就像没听到一样,照旧板着张扑克脸,慢腾腾地把身子转向电脑。"被杀的是谁?"他漫不经心地问。

"不是,呃,是我杀的……"

那人叹了口气,一脸不耐地望着我。"我没问是谁杀的,是问谁被杀了。"

"哦,对不起。被杀的是我老婆,但说'被杀'也有点怪。"

"那就是根本没人被杀了?"那人的眼镜似乎寒光一闪。

"不,是我老婆……"

"请你报上具体姓名。"

"咦?噢,对不起。她叫只野花子,只是的只,花草的花。"

那人噼噼啪啪地输入电脑。"发现尸体的是你吗?"

"什么?"我又问了一遍,我实在不懂这个问题的含义。

男人板着脸再次看向我。"最早发现尸体的是你吗?还是说第一发现者另有其人?"

"不,没有别人看到。"

"那就是你最早看到的了?"

"可以这么说吧……"我侧头思忖,不觉有点头疼。

"你的名字?"那人问。

"只野一郎。"

"请留下地址和电话号码。"

"铁锅市葱町四丁目二番二号,湖滨公寓二〇五室,电话号码是……"这些资料也被那人噼里啪啦输入电脑。

"与被害者的关系？"

"被害者？是说我老婆吧……那就是她丈夫。"

"发现现场在哪儿？"

"说'发现'也很别扭……"我一嘀咕，男人就狠狠瞪过来，吓得我慌忙答道，"是我家里。"话音未落我就发现不妥，赶紧重报了一遍详细地址。

"那是什么时候的事？"

"大约两小时之前，"我看了眼时钟答道，"今天上午八点左右。"

男人将资料输入完毕，最后砰地敲下一个键。"好，辛苦了。相关资料已送往搜查科，很快就会去实地调查。这段时间你会在哪里？如果不在家中，请留下联系地址。查明案情属实后，办案人员会去找你问话。"

"在哪里……待在这儿可以吗？"

"没问题。"男人眼光冷冷地说，"这是你的自由。"

我分明是来自首的杀人犯，他却说我可以自由行动。

"那我就在那边等着。"我指着大厅中央的长椅回答。

"好的。那就是铁锅警局一楼等候室……"男人敲打键盘，输入上述地址。

我满心莫名其妙地在长椅上坐下，环顾四周，除我之外还有好多客户——这样说也很怪,总之就是普通市民——在柜台的窗口前穿梭。

"你第一次来？"旁边有人问道。循声望去,只见一个男人穿着夹克,扎着头巾,不加拘束地跷腿而坐。他正转脸看着我这边,看来是向我搭话。

"是第一次。"我回答。

头巾男笑了,张着缺了门牙的嘴巴。"不知道你是来办什么事,但一定很困惑吧？我刚来的时候也给折腾得团团转。"

"这究竟是怎么回事？"我问。

"也没什么不可思议的,简单来说,就是把警察的活动彻底程序化。你看那些人,个个旁边都放着个文件夹,对吧？那里面详细记载了相关工作的规程,如果不遵照办理,过后就会受到处分。"

"哦,是吗？"

"反过来说,只要照章办理,谁也没法挑毛病。所以他们绝对不轻举妄动。"

原来如此,我总算有点明白了。"为什么要这样设计？"

"还用问,这不正是时代潮流吗？把一切活动程序化后,很容易明确责任所在,菜鸟也能早早上手。说到程序化,警察算是最落后的了。调查的方式因指挥官而异,侦讯的严厉程度也依经办警察而不同。顺利破案的时候，别人自然会恭维说什么个性的胜利，但踢到铁板时就惨了，媒体会炮轰说案发后的现场调查存在问题，侦讯中过火的情况也被上升到人权高度，总之麻烦数不胜数。所以迟迟没有动作的警方终于做出决定，今后一律采取统一的程序模式。"

"时代潮流啊。话说回来，你知道得可真清楚。"

"还好，我这把年纪也不是白活的。"头巾男不无骄傲地挺起胸。

"恕我冒昧，不知你来这里是做什么？"

"我？我是线人，靠给刑警提供情报赚点零花钱。但现在不比从前，不能在小巷、公园里悄悄递话了，一切都得跑到这里办手续，简直烦死了。"说着，他拿出张纸给我看，上面印有"情报提供用纸"的字样。

"只野一郎先生，只野一郎先生，请您听到广播后前往一楼的咨询台。"忽然，大厅里响起广播，播音的一定就是咨询台那名年轻女子。

我来到咨询台，看到那里站着两个身材高大的男人，都穿着灰色西装。见我过来，两人微微点头致意。

"您就是只野一郎先生吧？"其中一人说道。

"是的。"

"很遗憾地通知您，您太太不幸亡故了，而且怀疑是遭人杀害,请您和我们去一趟现场。"刑警宛如在照本宣科,多半是规程上现成的套话。

"啊,好的,可实际上……"

没等我说出"凶手就是我",两名刑警已大步流星地往前走去。无奈之下,我只得跟上。"发生这种事我们深表同情,现在我们正在全力调查,一定会将凶手逮捕归案。"上车后,旁边的刑警很有干劲地说。

"可是,呃,老实说,凶手就是我。"

"啊?"

"是我杀死了我老婆,我现在是来自首的……"

似乎摸不透我这番话的意思,刑警翻了半天白眼,陡地回过神来,问正在开车的同事:"哎,这种情况该怎么处理?"

开车的刑警眼望前方,侧头沉吟。"你还没办自首的手续吧?"他问我。

"咨询台告诉我,要先办报案手续……"

"那就是还没办喽?"

"可以这么说。"

"这算当场自首吗?"旁边的刑警说。

"也许。"

"这种情形该怎么办?"

"向被害者家属通报案件时,家属供认了罪行,是吧?怎么处理呢……总之先问清楚情况吧。"

"可以马上按自首来处理吗?"

"说不好,我也没什么把握。先按家属来问话怎么样?"

"对,这样比较稳妥。"旁边的刑警点点头,看着我说,"自首的事暂且放在一边,请先以被害者丈夫的身份回答问题。"

"是。"

"你太太遇害一事,你有什么线索吗?"

"咦?"我禁不住目瞪口呆。人就是我杀的,我哪儿会有什么线索?这么想着,我茫然望向刑警,刑警的表情也透着无奈,仿佛在说"其实我也不想问这么蠢的问题"。

"我想不出还有谁会杀她。"无奈之下,我只能这样回答。

"她曾经提过和谁结怨,或者接到骚扰电话吗?"

"我不知道她有没有和人结怨,骚扰电话没接到过。"

"你太太最近情况如何?有没有什么反常表现?"

"有点歇斯底里。"我立刻答道。

"噢,比方说呢?"

"事实上,我养了只金丝雀,毛色特别好看,我一直很珍惜地养到现在。可是今天早上起来一看,满屋都散落着它那漂亮的羽毛,而它就死在羽毛堆中间。我问老婆是怎么回事,她就把连衣裙拿给我看,说金丝雀在上面拉了屎。

这明明要怪她自己，本来就不该把衣服放在鸟笼底下，她却一点都不明白这道理。她说她一气之下把金丝雀从笼子里揪出来，想扔出窗外，鸟却在房间里扑腾乱飞，惹得她愈发火冒三丈，扬起吸尘器的把手猛揍，把鸟活活打死了。她一边说，一边还泛着可恶的笑容，这下换我勃然大怒，用毛巾勒住她颈子——"

"打住！"刑警伸手制止了我，"现在就说这些我们会很棘手。既然你刚才提到太太歇斯底里，那就来了解一下她的性格和人品好了。"他从旁拿出一张标准化答题卡，"首先第一个问题，你太太性急吗？一、性急。二、比较性急。三、一般。四、性子比较慢。五、慢性子。请回答选项。"

"选一，性急。"

"第二个问题，你太太神经质吗？一、神经质。二、比较神经质。三、一般。四、比较粗线条。五、粗线条。"

"选五，别看她歇斯底里，人却粗枝大叶得很。"

"第三个问题，你太太外向吗？一、外向。二、比较外向。三、一般。四、比较内向。五、内向。"

"选一吧，但与其说她外向，倒不如说她脑子空空，什么都不想。"

就这样一题题地问下去，刑警听到我的回答后，便依次将答题卡的对应栏涂黑。

"这也要输入电脑吗？"我问。

"是的，借此可以了解被害者的个性特征，推断她容易被卷入什么类型的犯罪。"

我心想，就算不做这种事，凶手也已经在这儿了呀。但我还是知趣地闭嘴。

刑警放下标准化答题卡，开始问别的问题。

"请说出最后一次看到你太太的时间、地点。"

"看到我老婆？是指她生前吗？"

"当然。"

"就是今天上午八点左右，在我家里。"

"当时她有没有什么反常表现？"

"就像我刚才说的，为金丝雀的事歇斯底里了。"

"金丝雀的事啊……"刑警记到记事本上后，看着我说，"以下只是形式上的询问……"

"什么问题？"

"你太太的死亡时间推定为今天早上八点到九点左右，这段时间你在哪里？"

我一时弄不清这个问题的含义，不由得当场愣住。

刑警又重复了一遍，最后补上一句："说白了就是调查不在场证明。"

"啊，我没有不在场证明，我就在现场。"

"现场是指哪里?"

"我家里。"

"为慎重起见,请告诉我地址和电话号码。"

我的头又痛起来了。"铁锅市葱町四丁目二番二号,湖滨公寓二〇五室,电话号码是……"我有些自暴自弃地说。

"问题问完了,谢谢你的合作。"刑警低头致意,随即说道,"那么,我们接着办自首的手续吧。"

"麻烦您了。"

谢天谢地,总算听到这句话了,我安心地叹了口气。自首后就会遭到逮捕,但现在我已经不觉得有多恐怖了。

"自首者的对应措施是在……"刑警从口袋里掏出一个袖珍词典似的小本,哗哗地翻着,又嘟囔道,"哎呀,这样果然行不通。"

"怎么了?"开车的刑警问。

"所谓自首,本人的自首地点很重要。以他的情况来说,应该算是在警局,所以按照规定,必须在局里的自首接待室接受侦讯,在巡逻车里欠妥。"

"自首接待室?还有这么个地方?"我问,"我刚才也说了,咨询台叫我先去窗口报案。"

"哦,是这样。"开车的刑警回答,"只有局里正在侦办的案件,自首接待室才受理自首,所以需要先去报案。"

"可这样很怪啊，像他这种命案一发生就跑来自首的情况，还没有过先例吧？"

"通常这种情况应该打电话报案，接着办案人员赶到现场，本人也在原地等候。确认案情属实后，凶手就当场申请自首，办案人员立刻办理相应手续。一旦离开现场，贸然跑到警局，事情就复杂了。"

"都怪我太惊慌失措了。"我向他们道歉。

"总之巡逻车里不能受理自首，"旁边的刑警说，"先去现场吧。"

巡逻车开到熟悉的街道，停在那栋我看厌了的公寓前，我和两名刑警一起走向我家。巡逻车周围迅速挤满看热闹的人群。

两室一厅的案发现场来了大批办案人员，人人都穿着灰色西装。莫非这也是规程的要求？"警部，这是被害人的丈夫。"刑警将我介绍给一个红脸膛、胖墩墩的男人。

那人深鞠一躬后说道："发生这种事我们深表同情，现在我们正在全力调查，一定会将凶手逮捕归案。"这番话和刚才在巡逻车里听到的一模一样。

"警部，这事有点麻烦……"和我同来的刑警向警部耳语了一阵，警部的脸色立刻晴转多云。

"怎么搞的，手续的顺序错了？"他边说边咂嘴。

"我做错什么了吗？"我诚惶诚恐地问。

"办完报案手续，你应该马上再去趟咨询台才对。因为你报完案后，案件就由本局负责侦办，这时你再去咨询台，她们就会指引你去自首接待室。"

"这样啊，可是谁也没跟我说……"

"等候室里应该贴有告示，不过也有人抱怨说太不起眼，很容易看漏。"

"哦，总之我只想早点自首……"

"你这样说我们也爱莫能助。你是去警局自首的吧？所以不能在这里办手续。"警部的说法和带我过来的刑警如出一辙。

"那我现在就去警局。"

"且慢，你还要扮演被害人丈夫的角色。"警部一把抓住我的手腕，力道大得惊人。

我依照在场刑警的要求，领他们到了杀老婆的卧室。老婆保持着被杀时的姿势，仰面躺在床上。

"这的确是你太太？"刑警问。

"没错。"我回答。这简直蠢透了。

"这个你有印象吗？"刑警递出一条毛巾，是我在附近的电器行购物时得的赠品。

"有，这是家里的毛巾。"

"平时放在什么地方？"

"应该是在梳妆台旁边。"

"你最后一次看到它是什么时候？"

"今天早上。"

"你用了吗？"

"用它勒了老婆的脖子。"

"我只问你用没用过。你用了吗？"

"用了。"

刑警一本正经地记着笔记，随后又把在巡逻车里问过的问题原样问了一遍，我告诉他，刚才别的刑警已经问过了，他回答"必须再问一次以便确认"，大概这也是规程的要求吧。

我们问答之际，其他刑警也在继续勘查，动静不时传入我耳中。"警部，楼的住户反映，上午八点多时，这个房间里响动很大，好像有人在吵吵闹闹。"

"哦，看来很可能是在那时作案。"

什么"很可能"，我不都说了，就是那时候下的手！

"警部，上午九点前，附近的老太太看到一个形迹可疑的男人从这房间出来，但她说长相记不清楚了。"

"好，去调查有没有其他目击者。"

不用查也知道，那个可疑的人就是我。

"警部，指纹已经采集完毕，除了被害者及其丈夫，没有发现其他指纹。"

"哦，凶手或许是个特别谨慎的人。"警部装傻充愣地说。

不久，对我的问话也结束了。

"辛苦你了。今天就先到这里，以后可能还要找你问话，届时请多关照。"刑警例行公事地说。

"请问，我现在该怎么办……"

"你可以随意行动，但联系地址一定要留清楚。另外，今天全天，我们会派人监视你家周围。"刑警一口气说完，径自离去。

其他刑警和鉴定人员也都撤了，家里就剩下我一个人。一瞬间我忽然怀疑，该不会从今早到现在什么都没发生，只是做了场噩梦吧？但房间里狼藉一地的羽毛，分明就是被老婆杀死的金丝雀散落的，床单上的茶色污渍也正是老婆被我勒颈时失禁的痕迹。焦虑的情绪又如波涛般涌上心头。没错，我是杀了老婆，得赶快去自首才行。我像今天早上一样摇摇晃晃地站起来，准备前往警局。刚走出公寓，一辆出租车正好开来，我就坐了上去。

"您是去换驾照？"出租车司机问。

"不，是去自首。"我回答，"我杀了老婆。"

司机霎时目瞪口呆，但转眼间后视镜里的那张脸又露出笑容。"这样啊，那真是辛苦了。"

之后司机再没对我搭话。除了自首接待室，谁也不肯认真听我诉说。

到了警局，我像之前那样走进入口的自动门，发现入口旁已经挂出招牌，上书"葱町公寓杀人事件搜查本部"。

咨询台后还是那个年轻女子，她应该认得我的，却像接待陌生人一般露出做作的笑容。

"我想自首。"我对她说。

"是本局已经受理的案件吗？"她又抛出老问题。

"是的，是葱町公寓杀人事件。"

"那请前往九号柜台，那里是自首接待室。"

看来终于能自首了。我向她低头致意，然后走向九号柜台。九号柜台在最边上，我一边走，一边调整呼吸。那里空无一人。我不知道是职员暂时离开，还是一直没人。八号柜台的年轻人看上去很闲，我就过去打听。他瞥了眼九号柜台，只答了一句："好像不在。"

"我想自首。"我说。

年轻人摇摇手说道："对不起，这不归我们管。"

我正想到等候室的长椅上等待，忽然感觉尿急，就去上厕所。我一边小便一边沉浸在感伤之中。仔细想想，像这样自由地小便恐怕是最后一遭了，进监狱后就只能用里面的厕所,想来监狱的厕所总不会比一般的厕所更舒服。

上完厕所回来,发现九号柜台有人在了。我赶紧走过去,却见那职员在窗口放了块告示牌,走到跟前一看,牌上写着"十二点到一点午休"。我看看时钟,十二点零一分。

"才过了一分钟啊!"我怒吼道。

职员冷冷地扭头看了看我,什么也没说就消失在了里边。其他柜台的职员也都纷纷离开,连灯也关了。

没法子,我只得先离开警局。肚子饿得咕咕叫,我决定找点东西吃。一家知名汉堡店映入眼帘。我并不爱吃汉堡,却不由自主地被引诱进去。

柜台后的女店员朝我露出殷勤的笑脸。"欢迎光临,您要点些什么?"

"汉堡。"

"汉堡一个,需要饮料吗?"

"汉堡就可以了。"

"我们还有薯条。"

"只要汉堡就够了!"

"现在正是优惠期间,与奶昔合买会更便宜哦。"

"啰唆,快给我汉堡!"

我砰的一拳打到女店员脸上。

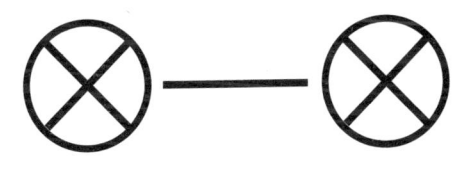

爷爷当家

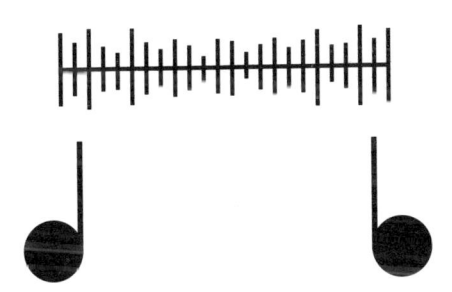

"爸，家就拜托你了。"贞男穿上鞋，回头说道。

"嗯嗯。"仲太郎点头。

"这样真的好吗？总觉得挺过意不去。"孝子夸张地蹙着眉头，但在场所有人都知道，她其实并不觉得多抱歉。一看她那浓艳的妆容和喜不自禁的神情，谁都心里雪亮。她的儿子信彦在旁窃笑，也是这个缘故。

"没问题。法国大餐对老年人来说很难消化，我随便吃点茶泡饭什么的就行了。"仲太郎边说边环顾儿子、媳妇和孙子，试图恰到好处地扮演出一个衰颓老人的形象。

"那千万记得锁门啊。"

"嗯，我知道，又不是小孩子了。"

送走三人后，伸太郎锁上玄关门，看了眼墙上的时钟，六点半。他匆匆踏上楼梯。二楼有贞男夫妻的卧室，还有读高二的信彦的房间，他要去的是后者。

来到二楼，他的心怦怦直跳。这不光是因为剧烈运动，还因为内心充满期待。

伸太郎的目标是孙子信彦偷藏的AV，即成人录像带。

他从没看过AV，但知道那是什么玩意儿。这都是拜电视台的深夜节目和邮购商品的广告信件所赐，尤其是邮购商品那附有照片的广告单，给了他强烈的刺激。那广告单他至今还保存着，藏在只有他能碰触的佛龛抽屉深处。他不时悄悄拿出来，戴上老花镜，用放大镜欣赏那小小的照片。就算这样，也足够他兴奋了。他已年过七十，却依然喜欢年轻女人的裸体，而且是非常喜欢，喜欢得超乎寻常。

伸太郎很想设法见识一下。他倒不是想看到现实中少女的裸体，只是想在录像带、在活动的画面上看到少女一丝不挂扭动身子的模样。这本来不是什么难事，只要直接邮购就可以了。但伸太郎没有这样做的勇气，生怕被家人知道。他自认在家中颇有威望，唯恐这份威望会因此扫地。他实际上好色如命，但总觉得家人应该都还蒙在鼓里。

他也曾听说有专门的录像带出租店，但要他亲自登门去借那种内容一目了然的录像，他无论如何也拉不下脸来，光是想一想都臊得面红耳赤。到头来，他只能望着邮购商品的广告单暗自苦恼。

然而有一天，伸太郎不经意间听到信彦和朋友通电话，得知他借了好几部 AV 回来。从此，伸太郎一直想开开眼界，但孙子还不到二十岁，向他拜托这种事实在尴尬得很。他也打过偷看的主意，但一想到万一被当场发现的情景，就立刻丧失行动的勇气。更不巧的是正值寒假，信彦通常都在家，即便他不在，孝子也在。

就在这时，一个绝佳的机会从天而降。

商店街年终抽奖时，孝子抽到了法国餐厅的餐券，可以享受两人免费、另外两人半价的优惠。

"法国菜很油腻，我就算了。"孝子邀请他一道外出用餐时，伸太郎以这个借口敬谢不敏。此时他脑海里早已拟订了计划。

如此这般，儿子媳妇带着孙子出门后，他终于有机会独自在家了。

信彦的房门上贴了张纸条"禁止擅自入内"，他正值最讨厌别人随便进屋的年龄。但伸太郎看到这张纸条，反而一阵紧张和兴奋，仿佛闯入了秘密俱乐部。他满心雀跃地推开门。房间里脏兮兮的，床上的毯子卷成一团，书和杂志胡乱丢在床上，薯片的袋子也敞开着。

"怎么乱成这样,教育太不到位了。孝子自己也是这个德行,看来马大哈也是会遗传的。"伸太郎抱怨着走进房间。他很爱用"教育"这个字眼。以前他当过教师,在别人眼里是个严谨古板的人。

"嗯……"伸太郎走到书架前。他相信以信彦的年纪,除了成人录像带,肯定还有令人血脉贲张的色情书。他扫了一遍书架,抽出一本写真集。这本写真集是信彦喜爱的明星拍的,里面不乏泳装清凉照。伸太郎贪婪地盯着那一页,心里再度感叹,妙龄女郎的身体就是诱人。他张着嘴看得出神,口水都险些滴下来,连忙用手背抹去。

光是泳装也不算太刺激,他这样想着,把写真集放回书架。他一心期待看到香艳十足的照片,结果不免有些扫兴,随即专注地找起录像带。

倘若他抽出的不是明星写真集,而是旁边那本,感想就会大为不同。那是本 Hair Nude 写真集。他对"Hair Nude"这个词虽然时有耳闻,但完全不懂是什么意思。毕竟他做梦也想象不到,世界上竟有露出阴毛的裸体写真集。

伸太郎四下寻觅录像带,连柜子和音响架都翻过了,依然没发现目标,不由得心下焦急。时间容不得他磨磨蹭蹭,就算吃考究的法国菜,至多两个小时他们也就回来了。他心急如焚地寻找着,说什么也不肯放过这个大好机会。

所以说房间一定要整理得井井有条。都怪孝子没教育好，今后非严加管教不可。找不到念兹在兹的宝贝，伸太郎焦躁不已，忍不住迁怒于媳妇。与此同时，对那神秘未知物的期待感愈发膨胀，思绪已有几分混乱。

马上就能看到了，年轻女人的裸体，年轻女人摆出淫荡姿势百般大战的模样。快了快了，我的毛片，毛、毛、毛、毛片。较之AV这种简称，他这个年纪的人更习惯叫毛片。

顾不得信彦回来后会怀疑，伸太郎四处乱翻，连壁橱也拉开了。才一拉开，不知什么东西忽然滑落脚下，惊得他一屁股跌坐在地。掉出来的是副滑板，但别说名字，就连那是干什么用的他都茫然不知。

他这一跌力道不轻，壁橱里的书和箱子都跟着崩塌下来。眼看着东西纷纷掉落，他蓦地锁定一个目标。那是盒录像带，包装上印着个护士打扮、酥胸半露的少女，旁边一行人字标题"销魂注射"。

就是这个！伸太郎伸手拿起，掌心立时渗出汗水。接着他看了眼女演员的名字，吃惊得心脏差点跳出喉咙。

小山田仁美？不是吧，那个小山田仁美居然会拍这种片子？这么说会看到小山田仁美的裸体了？我们家仁美？

伸太郎是年轻女演员小山田仁美的忠实影迷。其实，录像带上印的不是"小山田仁美"，而是"小山田弘美"。

但老花眼的伸太郎根本看不出这么细微的差异。况且封面上的女子与小山田仁美不光艺名相似，长得也有几分相像。

信彦的房间里电视和录像机都有，伸太郎打开外盒，取出录像带，兴奋地喘着粗气坐到电视机前。他从没用过录像机，但曾经见过家人摆弄，自以为大致清楚。总之先得把录像带放进去，于是他动起手来。

可是《销魂注射》塞不进去，因为里面已经放了一盘带子。不把那盘拿出来，就只能对着录像机干瞪眼，这么浅显的道理连伸太郎也懂，但他不知道该怎样操作。他胡乱按了一通机身的按键，录像机纹丝不动，毫无反应。

"真奇怪。"他歪着头不解地说。

其实这是因为信彦设定了预约录像，必须先取消设定，才能对录像机进行操作。伸太郎自然不可能知道，烦恼了一阵子后，他啪地一拍手掌。

哎，得用那个叫遥控器什么的东西来操作啊！

自顾自得出结论后，他匆忙扫视四周，看到一个有很多按键的盒子，于是伸手拿过，像刚才那样从一边按起，但录像机依然不见动静，反倒不知从哪儿发出刺啦刺啦的声响。

嗯？怎么回事？伸太郎起身寻找声音的来源，发现床上扔着个头戴式耳机，声音就是从这里冒出来的。他试着戴到头上一听，音量大得震耳欲聋。

就在这时，正好有人按响门铃。此人是个闯空门的小偷。连按两次都没人应答，他确定这家空无一人，不禁窃喜。

他还算不上惯犯。原本他有着正当职业，但最近经济不景气，工作也丢了，正在犯愁年关如何打发。此外他还欠了一屁股债。就在这时，他看到一家三口走出家门，像是要外出用餐，其中化着浓妆的中年女人喋喋不休地说，已经多少年没吃过法国大餐了。

可恶！我连晚饭都成问题了，还法国大餐咧！

对这家人优裕生活的反感，加上被欠债逼得走投无路，促使他瞬间就下定决心闯空门。几年前，他曾潜入民宅偷了三万元，并全身而退。

问题在于这家是否真的是空门。为弄清这一点，他试探着按响门铃。确定没人在家后，他穿过大门，来到玄关门前，试着转动把手，发现上了锁。他并非职业窃贼，没有撬锁的本事，便走过狭窄的院子，不慌不忙地观察房子周围的情况。二楼有扇窗子半开着，看来只要踩着围墙攀上一楼屋顶，要翻窗而入并不困难。

就从那里进去，他打定主意。

"哇，吵死了！"伸太郎慌忙摘下头上的耳机。重金属乐队声嘶力竭的歌声仍撞击着他的鼓膜,脑子里兀自嗡嗡直响。他摆弄着那个遥控器,却不知怎样才能关掉音乐,索性听之任之,继续寻找录像机的遥控器。

他找到一个小巧的白色遥控器,心想一定就是这个了,当即按下开关。只听头顶嘀地一响,空调随即启动。

"哎呀,不对不对。"他赶紧按了一通开关,遥控器的液晶屏却总在"制热"和"制冷"间反复切换,最后他也只能扔到一边了事。

伸太郎终于放弃在这个房间里看录像的念头,决定下楼。一楼的客厅里也有电视,也接了录像机,还是台四十英寸的超大屏幕电视,儿子贞男一直引以为傲。

在那样的屏幕上看录像,一定效果绝佳。想到这里,伸太郎的内心便鼓荡着期待。在大屏幕上欣赏小山田仁美的裸体,特别是那诱人的酥胸和玉腿,该是多么活色生香啊。虽然老花镜坏了,有那样的大屏幕,肯定不愁看不清。

伸太郎拿着录像带兴冲冲地下楼走进客厅。这边照样也得找电视的遥控器,他毫不费力就找到了,按下开关。几秒后,四十英寸的大屏幕上出现一个女人的特写镜头,那女人正唱着演歌[1]。

---

[1]日本明治、大正时期产生的一种音乐形式,是由歌手用独特的发声技巧演唱的歌曲。

哟哟，这不是波止场绿吗？

波止场绿是伸太郎最爱的演歌歌手。他拿起旁边的报纸，皱着眉头费力地细看电视节目栏。虽说老眼昏花，倒也能勉强看清"日本演歌大回顾——波止场绿专辑"的字样。

原来是这个节目。

他杵在那里看得出神，一时连AV都忘在脑后。

小偷成功地翻窗而入。进屋一看，他吓了一跳。屋里乱七八糟，活像刚被同行光顾过，更奇怪的是，十二月的大冷天，却开着冷气，一进来简直寒彻骨髓。他本想关掉空调，但又忍住。虽然经验少得可怜，毕竟他也学到——最好少管闲事，避免不必要的接触。

冻得瑟瑟发抖之余，他开始在屋里寻找财物。地板上掉了盒成人录像带，让他有点惊喜，可惜里面是空的。

他朝壁橱迈出一步，不料刚好踩上滑板，脚底一滑，身体顿时失去平衡，险些摔倒。他一把抓住壁橱里的被褥，总算稳住了身子，但同时绊到了耳机线。这一绊不打紧，耳机线从音响的插口上滑脱，足有一百瓦功率的喇叭里猛然轰响起重金属乐队的嘶吼。他吓得哇地大叫起来，赶忙关了音响。

伸太郎正忘情地看着波止场绿表演，忽然发觉二楼有响动，霎时回过神来。

发生什么事了？

他丝毫没想到会有贼，只是担心那些打开后就丢着没管的电器。该不会出什么问题吧？他有些不安。

伸太郎关了电视，走上二楼，再度进入信彦的房间。才一进门，就冻得直抖，房间里冷得像千年冰窖。

他环顾室内，没发现什么异样。他拾起空调的遥控器，随手又按了一通，送风口吹出的冷风愈发强劲，原来他按成了"强冷"模式。

不对不对，怎么搞成这样了？

他正思索着如何补救，一旁忽然发出声响。循声望去，刚才一直纹丝不动的录像机接通了电源，开始运转。其实这只是预约录像的定时器启动了录像程序，但不明所以的他惊慌失措，以为都怪自己先前胡乱折腾，它才会冷不丁抽起风来。他不顾一切地按着开关，录像机却全无停止的迹象，急得他方寸大乱。

"坏了吗？哎呀，这下糟了，弄坏了。"面对怎样都不肯停下的录像机，伸太郎心急如焚，以为它一定出了毛病。

混乱之中，他猛然想到切断电源。顺着电线找到录像机的插头后，他毫不犹豫地拔了出来，录像机应声停止运转。

"好了好了，总算停了。"他提心吊胆地再插上插头，录像机依然静止不动，这下他放心了。

"最近的机器真是不像话，一个个都复杂得要死，简直搞不懂到底是更方便还是更麻烦了，而且随便一碰就坏。"

咕咕哝哝地抱怨着，伸太郎想起了刚才看的演歌特别节目。他直接按电源键打开电视机，屏幕上却在播放动画片。想要换台，机身上又找不到频道按键，他只得不胜烦恼地四下张望，寻找遥控器。

床底下有一个很像遥控器的东西，上面有着黑色的方形按键。拿到手上一看，印有数字的按钮闪闪发光。

就是这个，不会错了。频道的按钮也有。

他很相信自己的判断。尽管按钮上的数字只有〇到九，他却丝毫也没怀疑。一个按钮上印着闪亮的"外线"两字，上方的小孔还不停地发出信号声，这些他也都没留意。他平常都是用一楼客厅里的母机，做梦也想不到，这其实是部无绳电话。

记得好像是一频道。伸太郎按下按钮一，响了一声过后，理所当然地，电视画面并没有改变。

我记错了？不是一频道的话，那就是十频道。

他正要按下十，又停下动作，因为没有这个按钮。他歪着头纳闷。

奇怪，应该有啊。但他并未深想，转而分别按下一、〇。画面依然如故。正在心头火起之时，手上忽然传来人声，声音正是来自他握着的"电视遥控器"。

"哇！"吃惊之下，他将那东西扔到床上。呆望了一阵子后，他逃也似的离开了房间，只觉心中发毛。

伸太郎离开不久，小偷从挂满衣服的衣架里钻了出来。刚才他听到有人上楼，便慌忙躲进里面，直到对方走远才又溜出。他忙不迭地双手揉搓全身取暖。衣架就在空调正下方，躲藏的这段时间，他吹足了冷气，伸太郎调到"强冷"模式后，他简直快要冻死了。

处在这种状态，他对进来的是谁、做了些什么一无所知，只从伸太郎的自言自语听出，来的是个老爷爷。他心想，要是只有爷爷看家，那还是大有可为的。

看到桌上放了把裁纸刀，他顺手拿起，走出房间。蹑手蹑脚地下到楼梯中段，他收住脚步，窥探楼下的动静。楼下没传来交谈的声音，他判断除了刚才的老爷爷，应该没有其他人在。

很好。他做了个深呼吸，迈步走下楼梯。

伸太郎回到客厅，再度打开四十英寸的电视，但演歌节目已经放完了。他拿起遥控器，信手换着频道。不经意间，他按下了输入切换键，电视画面随即切换到视频输入模式，但录像机并没开机，因此画面成了灰蒙蒙一片。他见状又慌了神。搞什么、搞什么、搞什么，怎么又不对劲了？这一个个都在发什么神经？

他拼命地按键换台，但画面毫无变化。他关掉电源，又重新打开，依然如故。无奈之下，他只得先关掉算了。

"真是的，最近这都是什么烂机器啊。"伸太郎嘟囔着坐到沙发上，旋又觉得屁股下面硌着东西，站起来一看，原来是坐到了录像带上，正是他拿过来的那盘AV。他啪地一拍手。差点把这事忘个精光。要是看不到这个，岂不是白忙一场？

想起自己的初衷后，他将录像带插入录像机带仓。和在信彦房间时不同，这次很轻松就吸进了录像机。这盒录像带已经拨上了防止误删的开关，放入带仓后，新型录像机一般都直接转入播放。伸太郎家的这台录像机也具备这种功能，迅速开始运转。

现在只差电视了，得想办法让它放出来。

伸太郎正要拿起遥控器再度打开电视，嘴忽然被堵住了。刚想挣扎，眼前已多了把裁纸刀。

"给、给、给我安静点！"一个男声威胁说，"要、要是不想见阎王,就乖乖照我的话做,不准抵抗。听、听懂了没有?"

伸太郎大惊失色,险些尿了裤子。他哆嗦着点了点头。就算对方不说不准抵抗,他也绝无此意。他生性胆小如鼠,最爱惜生命,还想长命百岁呢。忽然碰到这种性命攸关的境况,他不由得大为恐慌,光是站着都很吃力了。

"好,不、不准出声,手放到背后。"

伸太郎依言照办。小偷松开捂住他嘴巴的手后,他也没有出声呼救。

他的双腕被手巾缚住,原样坐在沙发上,被喝令不准乱动。小偷四十上下,又黑又瘦,穿着件灰色夹克,那副面孔看着就像穷凶极恶的罪犯。

小偷心生怯意。眼前的老人体态出乎意料地年轻,态度也显得很沉着。他丝毫没有试图反抗,反而令小偷心里发毛。小偷自知自己的长相不具威慑力,不禁暗想,这老爷子心中该不会没把我当回事吧?

"拿、拿钱出来!"小偷用刀指着他喉咙说。

"要拿多少都随便你,"老人回答,"请你快点离开吧。"

"钱在哪儿?"

"隔壁房间挂着我的上衣,里头有钱包。"

"别的地方没有？"

老人摇摇头。"我儿子一向主张家里不放多余的钱，装生活费的钱包，媳妇也都是随身带着。"

小偷不满地想啐嘴，却没能发出声音。他太紧张了，嘴里干得冒烟，这时，他看见沙发上搁有颜色朴素的围巾和手套，便用围巾绑住老人双脚，再将手套塞进他嘴里。老人直翻白眼，喉咙里呜呜作响，一副濒死的模样。

随后，小偷走进旁边的和室。正如老人所说，衣架上挂着件茶色上衣。一搜内袋，果然掏出个黑色皮质钱包。他没理硬币，只把钞票拿了出来，里面共有两张万元钞、四张千元钞。虽然抢走老人的零用钱心有不安，但已经走到这一步，总不能空手打道回府。他把钞票全部塞进裤兜。

回到客厅，他四下张望想找点值钱的东西，却一无所获。最昂贵的看来就是四十英寸的电视了，可又不能扛着逃跑。

"没、没办法，今天就这样算了。"冲着老人丢下这句话后，小偷离开客厅，穿过走廊，走出玄关。

就在这时，门霍然洞开。

小偷的惊叫声噎在了嗓子里。出现在门口的，分明就是之前见过的一家三口，身旁还站着身穿制服的警察。

约有两秒的时间，小偷和他们原地对峙。谁都没出声，连表情也保持不变。

然后，小偷跌坐在地。

"哎呀，您真是机智过人！"一个中年刑警钦佩地说。这么轻而易举地破获一起抢劫案件，他自然兴高采烈。

刚才遭遇窃贼的客厅里，刑警正向伸太郎了解案情。

刑警继续说道："发现有人闯入时，与其冒冒失失地大喊大叫，不如假装没看到，设法暗中报警要安全得多。您干得太漂亮了！"

"呵呵，过奖了。"伸太郎暧昧地笑笑，啜了口孝子送来的茶。今晚一家人对他格外殷勤。

但有一件事令伸太郎莫名其妙。根据刑警描述，事情经过大致如下。首先警察接到一一〇报警，但例行询问后，对方没有任何回应，电话却又没有挂断的迹象。警方怀疑可能发生了什么事，迅速对电话进行逆向追踪，很快锁定了地址。随后警方与附近的派出所联系，指示他们前去察看情形。身穿制服的警察到达门前时，刚好与用餐归来的一家人不期而遇。听警察说明缘由，贞男吃惊地打开玄关门，对面正站着一个陌生人。此人没作任何抵抗，老老实实地束手就擒。贞男等人来到客厅，发现手脚被绑的伸太郎。

伸太郎不明白的就是这通报警电话。他实在不记得自己什么时候打过，但小偷被逮、众人钦佩，全是托这通电话的福，尽管有些摸不着头脑，他还是决定不要太较真了。

"爸，亏你竟能发现躲藏的小偷。"贞男也一脸刮目相看的表情。最近伸太郎总被儿子瞧不起，此刻听他这样说，不禁心情大好。

"别看我这样，脑子可没糊涂。发现个把毛贼什么的，这种程度的机警我还有。"伸太郎揉着手腕说。被绑过的地方现在还有点痛。

"是啊是啊，上过战场的人，这方面的直觉果然格外敏锐。"刑警顺势拍起马屁。

"哪里哪里，哈哈哈。"伸太郎伸手抚摸着脑袋。其实他并没参加过战争，当时因健康问题免除了兵役。

"总之爸爸没有受伤，真是太好了。"孝子绕到沙发后面，替伸太郎按摩肩膀。

这时，信彦和两名警察进来了，他们之前在一楼调查。

"怎么样，你们那边？"刑警问道。

"现场相当凌乱，但似乎没有东西被盗。"

"哦，那就好。"孝子边替伸太郎按摩肩膀边说。

信彦歪着头。"可是真奇怪，那小偷干吗要开冷气？"

"冷气？怎么回事？"贞男问。

"不知道，反正房间里开了冷气，冷得要死。"

"确实很怪异。"刑警侧头沉吟，"还有什么发现？"

"没什么……"信彦微微摇头。其实他已经察觉秘藏的AV只剩下盒子,里面空空如也。他对此很在意,但这种事本就难以启齿,当着父母的面,愈发开不了口。

"这个房间没有东西被盗,是吧?"刑警扫了一眼客厅。

"应该没有。"贞男回答,然后看着伸太郎问,"小偷完全没动过吧?"

"嗯,没有。"

"寒舍也没什么值得一偷的东西,噢呵呵呵。"孝子笑得很做作。

"哪里,其实只是东西没法带走罢了。你看这个多气派。"刑警指着四十英寸的电视,"想必价格不菲吧?"

"这个啊,"贞男探出上半身,"我也很自豪。"

"这么大的屏幕,肯定能体验到影院的氛围吧?"

"是啊,确实是这样。"

"真羡慕。我也想买个大电视,可没地方放。对了,屏幕太大,画质会不会粗糙?"

"没那回事。"贞男拿起遥控器,"你看着好了。"

众人一齐望向屏幕。"咦,录像机在运转。"信彦小声说。

贞男打开了电视。

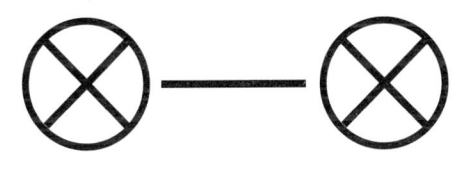

新郎人偶

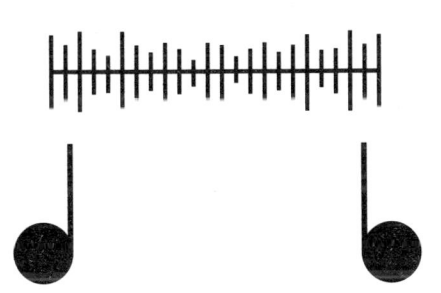

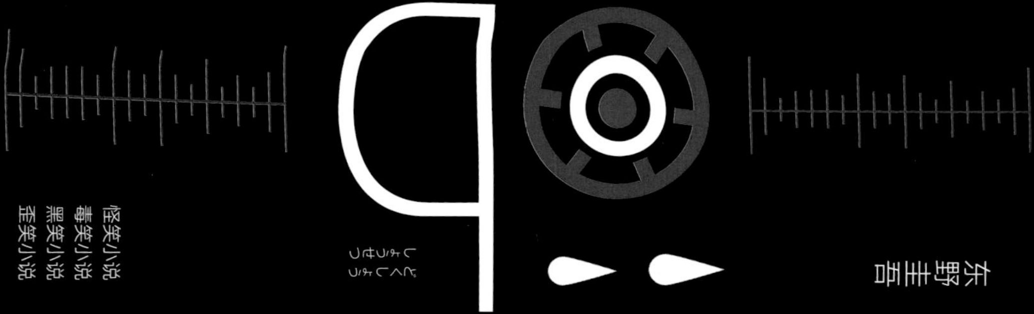
东野圭吾
どくしょうせつ
怪笑小说
毒笑小说
黑笑小说
歪笑小说

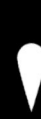

要子退后一步，从头到脚审视着茂秋那身带家徽的和服裤裙，边框呈三角形的眼镜闪闪发亮。那犀利的目光，一点都不像看到儿子身穿婚礼盛装、感慨万千的母亲，倒更像校规严厉的中学里亲自检查服装的教师。

接着，要子缓缓点了点头。"看来没问题了。"

"可以了吗？"茂秋平伸着双臂，眼神认真地向母亲确认。

"嗯，可以了。你再转过身我看看。"

茂秋依言向右转身。

要子看毕，满意地点头。"不错，很得体。"

"是吗？"茂秋转回身，重又面向母亲。

"令郎身材真好,我们帮助着装的也脸上有光,而且礼服也很漂亮。"中年造型师不失时机地从旁恭维。得到新郎母亲的点头认可,让她如释重负。她早从会场工作人员那里听说,这位母亲容不得任何闪失,为此一直捏着把冷汗。

"他是我们御茶之小路家的继承人,当然要打扮得无懈可击,经得起任何人的目光。"要子正眼也不看她地说完,向儿子露出微笑,说道:"我要去应酬来宾,这就过去了。别的没什么不明白的吧?"

"没有。"茂秋话音刚落,又叫住她,"对了,母亲。"

"什么事?"

"那个……"

茂秋正要往下说时,敲门声响起,要子应了声"请进",一个会场工作人员推门而入。在HEMOJI神社结婚会场的工作人员里,此人算是最谙熟此道的了。这自然也是要子在预订会场时提出的要求,她坚持一定要请这样的资深行家。

"啊,您在这里。"工作人员三七分的头发梳得服服帖帖,看到要子后,便将手上的一沓纸递给她,"这是收到的贺电,请您遴选出需要由司仪在婚宴上宣读的部分。"

"哦,好。"要子接过,打开最上面那封看了看,回头望着茂秋,"是中林教授发来的,他卸任大学校长职位已有好几年了吧？电报上说，他原本很想参加婚礼，但恰逢身体不适，不克出席。"

"中林教授过去很关照我，他不能来参加，我也觉得挺遗憾的。"

"您选好电报后，麻烦交给我或者司仪。"工作人员说。

"好的。你那只手上拿的是什么？"要子盯着工作人员的左手问。

"这是山田家收到的贺电。我想请他们也挑选一下。"工作人员回答。山田家就是今天茂秋结婚对象的娘家。

"既然这样，"要子扬起一边眉毛，"不如一并交到我这里。贺电要汇总到一起挑选比较妥当吧？"

"噢……是吗？"

"是的。我家和山田家的电报，全部由我来遴选好了。给我吧。"要子伸出手，只差没说"快点拿来"。

"这样啊，那就拜托您了。"工作人员犹豫着把那沓电报递给要子，转身离开。

要子哗哗地翻了翻山田家的电报，略一思索，望向茂秋。"回头会场见了。"

"是。"茂秋条件反射般地回答。

茂秋目送母亲要子走出房间，感觉内心的一抹不安正在扩大。其实他有个疑问想向母亲求教，若不事先问清楚，他就无法安心举行婚礼。

要不要现在去追上母亲呢?他正沉吟着,敲门声再度响起。应了一声后,一个神女装束的姑娘探头进来。

"现在为您说明婚礼的程序,能请您来这边吗?"

"哦,好的。"他穿着草屐,缓缓迈出脚步。这还是他成年以来第一次穿和服,穿草屐自然也是新鲜体验。

走进另一个房间,弥生已端坐在那里等候。她身穿纯白和式礼服,头罩丝绵白帽,帽下露出涂得雪白的尖细下巴。茂秋依照神女所说,坐到她身旁。

弥生朝茂秋转过脸。看到她的模样,茂秋一瞬间心生困惑——她是长这个样子吗?

眼前的这张脸孔,就像在一张白板上信手勾勒出眼睛、鼻子和嘴巴。虽然这无疑是以山田弥生的五官为底子化妆而成,茂秋却想不起她妆容下的本来面貌,因为她长得实在是平凡得不能再平凡了。

今后就是和这个女人共度一生吗?

茂秋怔怔地想着。

虽然这样想,他心里却并没有多少真实感,感想也是一片空白。决定和这个名唤山田弥生的女子结婚时,他首先想到的就是……

这下御茶之小路家传承有望了。

这是他唯一的想法。对他来说，结婚的意义仅止于此。

因此，他并不以结婚为满足，觉得后面还有重大任务。不消说，那就是生育子嗣了。

总之，今天的婚宴一定要顺利完成。

为确保这一点，必须先向母亲确认那件事。

御茶之小路家属于名门望族。

究竟有名望到何种程度，很难确切地说明，连茂秋自己也未能充分了解。要想细说渊源，就必须参照祖上代代传下来的谱系图，而那份谱系图严密保管在御茶之小路家的金库里，茂秋也只寥寥数次亲眼见过实物。

"我们先祖曾担任过某藩的家老①。"每次要子谈到御茶之小路家，都以这句话为开场白。之后她就一路畅谈下去，诸如明治政府成立后，家族获得特权阶级的地位，与形形色色的实权派人物都有密切联系云云。

要子是御茶之小路家的第十二代家主。十一代家主没有儿子，便为长女要子择婿入赘。

茂秋的父亲——要子的丈夫是一名老师，在茂秋的印象里，他是个纤细的人，假日时常待在书房读书，平时少言寡语，总是躲在妻子身后。每逢亲戚聚会的场合，这种

---

①江户时代大名的家臣之长。一藩有数名，通常为世袭。

表现就格外明显。因为出租祖传土地的收入已足以保障一家人的生活，似乎也没人当他是家庭经济的顶梁柱。

茂秋五岁时，父亲罹患胃癌过世。他对父亲所知不多，只是曾经有一次，要子这样说过：

"你父亲他啊，头脑很聪明。他们家历代出过很多勤奋好学的优秀人才，这方面比我们家还胜一筹。我当初和你父亲结婚，也是因为你外祖父发话说，这样的血统加入御茶之小路家也不坏。"

换句话说，招赘他是想获得聪明人的基因。

父亲过世后，茂秋由母亲一手抚育成人，但两人的生活远非母子相依为命那么简单。之所以这样说，并不只是因为还有女佣全盘打理家务。比如为茂秋选择小学时，御茶之小路家的客厅里就聚集了十多位亲属代表举行会议。只要关系到本家长子的前程，任何事都必须召开家族会议商讨决定，这是御茶之小路一族历来的规矩。

由于这样的环境，茂秋的日常生活也在要子的时刻紧盯之下，从说话措辞、生活态度到穿着打扮都受到严格监督。

其中要子最关注的是交友情况。茂秋每天放学回到家，首先要向要子毫无隐瞒地报告学校里发生的事。只要带出一个陌生名字，要子立刻就问："那个中村同学，是个什么样的孩子？家里是做什么的？"假如他说不知道，要子当场就给班主任打电话，连对方的成绩、学习态度、家庭环境都一一刨根究底。擅自透露信息的老师固然不对，要子的口气也确实强硬得不容拒绝。

如此了解到相关资料后，要子就会对茂秋今后是否可以和对方——如中村同学——交朋友做出判断。很多时候她都会告诫："以后别老和那孩子一起玩了。"这样，茂秋只能答应，之后常常躲到自己的房间里哭泣。因为母亲禁止交往的朋友多半都很有魅力，在一起玩得很开心。而要子说"一定要和他好好相处"的孩子，总是既无趣又老实巴交。

但他无法违背母亲的决定。不论是选择朋友，还是其他任何事情，都不容他有丝毫反抗。因为他是家族的继承人，为了将来继承御茶之小路家，他必须具备成为家主所需要的条件，而担负指导之责的就是要子。

茂秋就读的小学，是某著名私立大学的附属小学，本来可以附属初中、附属高中这样一路念下去，但从初中起他就被转到别的学校。那所学校同样是著名大学的附属学校，大学知名度与之前的不相上下，唯一的不同在于，新学校是所男校。

"读初中、高中的时候，特别容易沉迷于男女情事，那些堕落的人都是在这个时期走上歧途，我们一定要避免茂秋发生这种事。"

以上是要子在家族会议上的发言。众人纷纷点头称是，一致决定安排茂秋读男校。

会上还有过这样的讨论：

"要想他不被那种事迷住，光是送进男校还不够。如今的社会乱七八糟，随便到街上走走，那种诱惑满眼都是。"说这番话的是要子的叔父，家族中资格最老的长辈。所谓那种事，应该是对性爱之事的统称。

"是啊，最近杂志上登的那些小姑娘的照片，简直就和裸体没两样。"要子的表妹说。

"不是什么没两样，有时根本一丝不挂就登出来了。那种照片真不得了，赤条条的，脱得精光。"要子的堂弟瞪大眼睛说。他在家族里算是年轻一辈，平常因为说话粗俗，常被其他人瞧不起，但此时比起措辞，他说的内容更令众人皱眉。

"啊？"

"怎么可能？"

"是真的，不信你们买本周刊自己看看。"

"他说的很有可能。"要子用克制的语气说，"不单是性风气，最近的年轻人男女关系之随便，真令人难以容忍。除了刚才那种下流杂志，电视里的节目也让人恨不得捂住眼睛。"

"对，电视也不是什么好东西。"叔父赞同，"电视看多了，只会把人变成呆子。"

"我一向只看NHK台。"

"是啊，我也只看NHK台，民营电视台都太无聊了。"

"要子，这方面你最好考虑周详。"家族中最受要子信任的堂兄郑重地说，"上初中后，各种不良诱惑比比皆是，如果不对他的生活严加管理，很难不近墨者黑。"

确实如此，众人一致点头。

"不用说，我自然要比以前更严格地培育他。请大家也不惮辛劳，多多费心教导。"说罢，要子深深鞠了一躬。

经过这场充满紧迫感的会谈，从上初中开始，要子对茂秋的监控愈发严厉，简直到了白热化的程度。这首先体现在上学路线的选择上。为防止路上有不良诱惑，要子亲自把各条路线都视察一遍，最后选出一条她认为最安全的作为上学路线。她坚决禁止茂秋从其他路线回家，倘若因为某种缘故不能走那条路，茂秋就要给家里打电话，由要子指示他如何选择。

日复一日沿着同样的道路上学放学，茂秋有时也会蠢蠢欲动，很想走走别的路线。但他无法付诸行动，只要一想到在母亲面前败露时，会遭到怎样的痛斥，他就无论如何都拿不出勇气。至于"不可能会败露"这种想法，从来就没出现在他脑海里，因为过去他也曾几次违背母亲嘱咐，却没有一次能成功瞒过。实际上，对于儿子的事，要子的嗅觉敏锐得堪称超乎寻常，不管什么样的谎话都能一眼识破。

此外，茂秋也没有钱包。要子只给他公交车的月票和电话卡。

"午餐有学校提供，去学校为的就是学习，我不认为会有忽然需要用钱的事。"这是要子的主张。

那有想买的东西时怎么办呢？这时茂秋就要向要子如实报告，如果要子判断可以买，再买给他。但实际上，茂秋提出的要求寥寥无几。个中原因很多，比如日常生活和学校念书需要的东西，要子都已经准备齐全、茂秋平常学习很忙等，但最重要的原因，恐怕还是"没有想要的东西"。如果说得再准确一点，就是"完全不知道市面上正流行些什么，也想不出想要的"。

茂秋对社会的了解，仅限于上学路上的见闻，而他接触的资讯也同样受到要子全面控制。电视一天看一小时，而且只许看 NHK 台。书籍方面，漫画自不消说，杂志也全部禁止，即便是文艺书，只要是现代作家的作品，不论纯文学还是大众文学都不准阅读，音乐也只允许欣赏古典音乐。

茂秋对潮流时尚可说一无所知。从初中到高中，他外出时永远穿着学校的制服。而他外出也不是和朋友一起出去活动，只是跟着要子拜访亲戚，不然就是参加古典音乐会，穿着制服也不会显得不合时宜。

至于他在学校的交友情况，由于要子依旧严格把关，没有朋友往坏里引诱他，或者给他灌输乱七八糟的知识。其实班上根本就没什么同学接近茂秋，人人都觉得他怪里怪气的。

这种无菌室般的环境，直到茂秋上了大学也依然如故。他攻读的是天文学，每天上完课后直接回家，透过二楼卧室里安装的天文望远镜眺望天空，这就是他的生活模式。

但这个时期的他，很为一件事烦恼，那就是他迟来的性觉醒。他开始以约一月一次的频率遗精，而这种现象的意义和原因他却不太清楚，在懵懵懂懂中独自苦闷。

察觉到儿子的变化后，要子经过深思熟虑，在某天对茂秋进行了性教育，地点是在供奉着佛龛的客厅。茂秋正襟危坐，要子将一个匣子放到他面前。匣里收藏着祖传的书本，用现代的说法就是性教育手册。书中的内容随着时代发展有所补充，但最古老的部分采用的还是类似浮世绘春宫图的图画。利用这些资料，要子平静地向茂秋讲述男女的身体结构、妊娠原理等等。

"这么说来,我的那种现象不是生病了?"茂秋问。

"不是。那是你拥有生育后代能力的证明。"

"我和某个女人,嗯,完成您刚才教导的事情后,就能生下孩子,是吧?"

"这个过程我们称为结婚。但现在为时尚早,等时机成熟了,我自会替你物色合适的人选。在那之前,你绝对不能接近别的女人,知道了吗?"

"知道了。"茂秋挺直身体答道。

他遇到那位"合适人选",是十多年后的事情了。

茂秋和弥生正听着神女说明婚礼的程序,没多久会场工作人员过来了,通知已经到了进入会场的时间,全体亲属都已在里面等候。

"那个……"茂秋开口说。

"什么事?"

"那个,呃,我母亲呢?"

工作人员脸上浮现出一抹轻蔑之色,转瞬又消失了。"令堂也在里面等候。"

"噢,这样啊。"茂秋无奈地点点头,沉默下来。

我还有事要问呀,他暗想。有件事无论如何都要向她确认。

等仪式结束后，找个空当问问她吧，茂秋想。

仪式按照神前婚礼的步骤进行。这是御茶之小路家的传统，诸如教堂婚礼之类根本不在考虑范围之内。在众多亲属的注视下，茂秋依照先前神女的教导，与新娘弥生共同宣读誓词，喝了交杯酒。

茂秋开始认真考虑寻找结婚对象，是在迎来二十七岁生日之后。不，准确说来，是在要子主动提出这件事之后。若不是要子开口，茂秋连想都没想过，他觉得还是不想为妙。大学毕业后，他没有去公司上班，而是在大学附属的天体观测研究所当助手。和过去一样，星星是他唯一的恋人。

"要成为御茶之小路家的媳妇，必须具备与之相当的条件。首先要门当户对，这不言而喻。此外还要教养良好、精通家务，茶道、花道也要擅长。要有女人味，举止娴雅端庄，总是退后一步跟在你身后，对你恭恭敬敬。身体要健康，但只是健康还不够，更重要的，是要能生育优秀的子嗣。"

谈到应该选择什么样的对象时，要子列出上述条件。茂秋端坐在她对面，神情肃穆地将她的意见记到记事本上。

"还有一件很重要的事。"要子略略放低了声音。

"什么？"茂秋问。

"那就是……"她轻吐口气，接着说道，"必须是处女。你听好，别的条件都罢了，这一条绝对没有商量余地。御茶之小路家的媳妇，绝不能是污秽之身。"

茂秋用力点头，在记事本上写上"处女"二字，并在下方重重画上两条线。

依照这些条件，要子着手物色茂秋的新娘。理所当然地，事情迟迟没有进展。其间她的观感大抵如下。

"二十七岁？年纪大了一点。最好是二十岁上下，至多不超过二十三岁。"要子对介绍亲事的人这样说。

"可是夫人，近来结婚年龄越来越晚，二十七岁也算年轻的了，您还是再考虑一下……"

"不用了，茂秋的妻子必须再年轻一些。二十七岁还单身一人，肯定有什么问题。况且到了这个岁数，很难想象她对男人还毫无了解。不好意思，这位就算了吧。"

即便年龄符合要求，又有如下障碍：

"哦，她在上班啊。在都内的贸易公司？这样的人不行，做茂秋的妻子不太合适……"

"可是这位小姐条件很好哦，从小就学习茶道和花道。"

"但她在公司上班，对吧？这样的女子肯定欠缺为家庭奉献的态度，不是吗？而且性格也势必有些油滑，不适合做茂秋的妻子。"

其他诸如"曾经独自生活的女子,谁知道那时候做了些什么""学历太高的容易认死理""拥有许多资格证书的好出风头"……种种充满偏见的关卡数不胜数。因此大部分候选者连照片都没被茂秋看到,就被要子否决了。

但以世界之大,毕竟也有几位候选人突破重重难关,在御茶之小路家惯常光顾的高级日式餐厅与茂秋见了面。其中也有人获得要子首肯,觉得"这位可以做我家的媳妇"。

可到了这种时候,就轮到对方看不上茂秋了。她们向介绍人提出的回绝理由如出一辙,有的说"不喜欢他的恋母情结",有的说"活脱就是母亲的傀儡",还有的说"太落后于时代"。这种话介绍人自然不能转告要子,只得编个适当的借口。尽管如此,依然挡不住要子的熊熊怒火。

山田弥生是第三十五位相亲对象,短期大学毕业后,她在家帮忙做家务,没有工作经验,除了向母亲学过茶道、花道外别无可取之处,为人少言寡语,表情单调,总之是个很不起眼的姑娘。就连介绍人心里也觉得,与其说她娴静,倒不如说是木讷。

但要子对她很中意,山田家也回话说很乐意嫁出女儿。

如此,婚事自然进行得顺风顺水。

婚礼结束后，全体人员转往摄影室，在那里拍摄亲属合影。茂秋想站到要子身旁，摄影师却匆忙发出指示。

"好，新郎新娘请坐在那里。好好，就那个位置。旁边是介绍人，介绍人旁边是新郎的母亲。好，就这样。"

因为和要子之间隔了个介绍人，茂秋无法向她提出自己的疑问。不久，照片拍完，众人移步前往大厅。茂秋正想去追要子，却被摄影师叫住，说要给新郎新娘单独拍照。茂秋无奈，只好留下。

等到拍摄完毕，已经临近婚宴的开始时间。茂秋寻找着要子，但她似乎已进入会场，没有找到她的身影。

"听好了，我一递信号，你们就一起入场。"会场工作人员嘱咐道。

"那个……"茂秋说。

"什么事？"或许是因时间紧迫，工作人员的眼神变得咄咄逼人。

"没、没什么。"

"那么请并排站好，对，就站那里。"

茂秋和弥生依言并肩站在会场门前。入场音乐响起，大门打开，工作人员向他们发出信号。在众目睽睽之下，两人徐徐迈步向前。

掌声响彻会场，摄像机闪光不断，人人都满面笑容。

茂秋寻觅着母亲。要子在最里面一席,她坐得笔直,望着一身盛装的儿子。母子俩的视线在空中交会。

母亲……茂秋在内心默默发问。

母亲,我有事要向您请教,我现在就想知道答案。

万一……

万一婚宴进行到中间,我忽然想上厕所,该怎么办?而且还是想大便。

新郎可以中途单独退席吗?

还是说这样做很不礼貌,会令御茶之小路家蒙羞?

母亲,请您告诉我,我该怎么做才好?

便意已经相当强烈了。从今天早上起肚子就咕噜咕噜地叫个不停,一直想去洗手间,却总是找不到机会。

帮帮我吧,母亲。

婚宴的节奏缓慢得令出席者不耐烦。致辞的人太多,而且个个都长篇大论,内容又都大同小异。就连本来只是登台献歌的人,也要先来段冗长的开场白。显然婚宴的时间会大大超出预计,但之后的场地似乎没人预约,会场方面也就听之任之。

茂秋的小腹渐渐濒临极限。他已无暇倾听致辞,全部精力都用来缩紧肛门。然而每当有人上台讲话,新郎新娘都要从主桌起立欢迎。站在那里的时候,他不得不忍受着地狱般的苦痛。

近来的婚宴上,新郎中途更换礼服已不足为奇,如果有这种安排,茂秋就可以趁机冲向洗手间。可今天的婚宴并没有这一环节。这是御茶之小路家的习惯,新郎一律不换装,自始至终稳坐主桌。

婚宴提供的是法国菜肴。从冷盘、汤开始,鱼、肉类、色拉,最后送上甜品和水果。但茂秋一口都没动,他感觉只要吃上一口,直肠一带死命憋住的大便就会汹涌而出。

他所有的注意力都集中在肛门括约肌上。小腹隐隐作痛,随着心脏的跳动,一波一波地向他袭来。他的鬓角流下黏湿的汗珠,腋下也大汗淋漓。

尽管如此,他依然挂着温和的笑容,不时向致辞者颔首致意。在周围的人看来,应该会觉得他正在充分享受这幸福时光吧。在这种境地还能如此自持,自然要归功于他受到的教育。要子早已谆谆教导过他,婚宴上新郎应当采取何种态度。

可中途想大便该怎么办,要子却没有指点。

这份罪实在太难熬,他有生以来第一次憎恨起母亲。只有把这份痛苦的责任推到别人头上,他心里才能好过一点。

母亲！

为什么您不告诉我？要是告诉我，我就不用吃这种苦头了呀。您不是万事都会教导我的吗？您不是说只要照您的话去做就不会有错吗？

婚宴进行到什么阶段，现在是谁在致辞，茂秋已全然不知。他的头脑渐渐变得一片空白，下半身仿佛成了团炽热的硬块，夺走他全部的意识。

就在意识逐渐朦胧之时，他听到司仪这样说：

"现在请新郎新娘向父母敬献花束。"

御茶之小路要子意气风发地站在那里，品味着终于完成重要使命的充实感。这一重要使命，不用说就是御茶之小路家的传承。她心想，今后只要顺利生下孩子，最好是男孩，自己就算彻底大功告成了。这一点她并不怎么担心，因为已经委托熟悉的医生详尽检查了弥生的身体，确定她不仅是处女，而且具有充分的生育能力。

所以说啊，要子想，今天这种场合，向我献花是理所当然的。我培育了优秀的继承人，还为他娶了妻子，自然应该受到赞美。

会场光线转暗，背景音乐静静地流淌。灯光映照出抱着花束的新娘，稍后茂秋也站到她身侧。

在司仪煽情的旁白声中，两人手捧花束，分别走向各自的父母。这时要子下意识地感到不对劲，茂秋的脸色很不好，走路的姿态也透着别扭，像老人一样弯腰驼背。

"来，新郎新娘，请向养育自己的父母献上花束。"

依照司仪所说，茂秋朝母亲递出花束。他的眼神似乎在诉说着什么。要子接过花束，小声对他说："姿势放端正了。"

茂秋闻言，条件反射般挺直了腰杆。要子没说话，点点头示意可以了。然而下一瞬间，她看到儿子的表情起了奇妙的变化，起初像是痛苦地扭曲，慢慢变成了悲伤，继而变得陶然，变得空虚，最后定格为痴呆。

"怎么回事？茂秋，你怎么了？"她小声唤着儿子，但她那宝贝儿子就如人偶般僵硬不动。

最先明白发生了什么事的，是茂秋身旁的新娘弥生。看到新郎和服裤裙下滴落的东西，她尖叫一声，提起礼服裙摆落荒而逃。

女作家

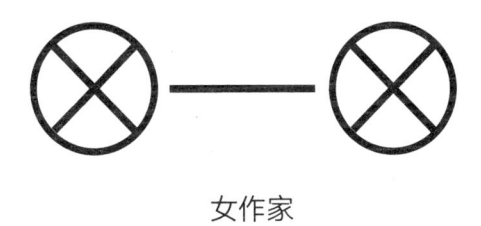

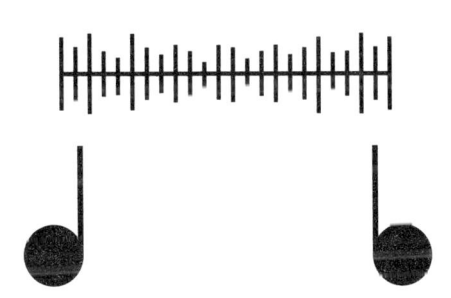

就算是作家，也免不了要怀孕，因为是女人嘛。

可为什么不早不晚，偏偏替我们出版社写稿时"搞出人命"？都对她说过多少次了，连载期间务必要保重身体，可她全当耳边风。

本来怀孕不比生病，是件可喜可贺的事。我每次听到这种消息，也少不得舌灿莲花地恭喜一番，这回却大伤脑筋。连载正进行得如火如荼，主角终于卷入了事端，好戏正要开场，读者也迫不及待地渴望一睹为快，这时却忽然宣布：

"由于作者妊娠，本作暂停连载。"

这像话吗？

而且这次连载作品的主角是位对婚姻不感兴趣的女强

人，描绘的是她在调查公司竞争对手非法进口活动的过程中，一步一步落入危险陷阱的故事。再怎么想，都与家庭的氛围格格不入。我本来还巴望作者自己知道检点，她却来了个突然怀孕，岂非形象全毁？

这方面倒也不是没有对策，我可以避开"妊娠"之类的词，只说"由于作者的特殊情况"什么的蒙混过关。

可难题不止于此，怀孕之后，她可能就会中止创作了。

"什么，肚子大了？肚子大了也要接着写啊。手不是还能动吗？文字处理机不是还能敲吗？"

我不至于说得像总编这么粗鄙，想法却不谋而合。但毕竟我们都是大男人，未必摸得透孕妇的心理。

因此今天我登门拜访，为的就是趁着送礼金之便，问清楚她连载的意向。

我在挂有"宫岸"名牌的门柱前停下脚步。按响门铃后，应门的是个男声，我不禁有些错愕。

从玄关走出一个瘦瘦高高、很像竹竿的男人，架着圆圆的金框眼镜，三十六七岁。他的脸色不是很好，但还是堆出笑容，一边说着"来来，请进请进"，一边将我引到屋内。

"打扰了。"

原来这人就是万恶之源啊，我望着竹竿男的侧脸暗想。宫岸家我来过多次，但从没碰到过他。听说他在公司就职，想必今天正好休假。

光顾着和老婆风流快活，一点都不替我着想！

我在心里恨恨骂道。

在客厅里等了片刻，宫岸玲子出现了。她穿着格子花纹的鲜艳圆领衫，搭配摇曳生姿的及地长裙，头发像平常那样，编成一根长辫垂到右肩前。她的气色不是很好，但看起来还是很丰满，不知是不是怀孕的缘故。

我欠身站起，深鞠一躬。

"衷心恭喜老师。"

"哎呀呀，别这么郑重其事地道喜，怪不好意思的。"宫岸玲子手掩涂着口红的嘴唇，咯咯娇笑。

真要觉得不好意思，当初就别给出版社寄明信片通知怀孕啊！我实在很想这么说，但还是忍住了。

"一点小意思，略表敝社心意。"

说着，我从西装内袋里取出礼金袋，里面装着五万元。本来这应该分娩后才送，之所以现在就急着奉上，乃是总编耍的小小手腕，希望借此取得心理上的优势，说服她继续连载。

"你看你看，还这么客气。"

说罢，宫岸玲子欣然笑纳，连一句推辞的话也没有。

这时，敲门声响起，紧接着门被推开，竹竿男端着盛有咖啡的托盘走了进来。

"啊，谢谢。"

看到他伸出瘦骨嶙峋的手，将咖啡杯放到桌上，我连忙低头道谢。

"老公你看，这是刚收到的。"

宫岸玲子冲他扬了扬装着五万元的礼金袋。竹竿男闻言扶了扶眼镜，仿佛要把礼金袋看穿似的，眼睛眯成了一条线。

"真是太感谢了。"

"不客气。"

"那么，你们慢慢谈吧。"他看看礼金袋，又看看我，慢吞吞地转身离去。走出客厅后，他顺手掩上门。

"您先生今天不用去公司？"

我啜了口竹竿男冲的咖啡，开口问道。咖啡味道还可以，仔细想来，以前来访时从没享受过这等待遇。

"噢，你说公司呀，他已经辞了。"

宫岸玲子轻描淡写地说。

我一口咖啡差点喷出来。"您说的'辞了'，莫非是指……辞职？"

"是啊。既然要了孩子，就得有人打理家务。我也考虑过请女佣，最后发现还是由他当家庭主夫最合适。"

看来女作家本人并无辍笔做全职妈妈的打算。考虑到两人收入的差别，这或许也是理所当然。

"不知您先生之前在哪里高就？"

"他是电脑工程师，听说能力很受公司器重，但他一直抱怨工作太辛苦。所以这次辞职改做家庭主夫，他也显得很开心。其实你一看就知道了，还是家庭主夫这份职业适合他。"

我不觉点了点头。世界之大，什么样的夫妻都有。

"老师，"我在沙发上重新坐好，挺直腰杆，"连载的小说……"

"噢，那个啊。真是对不起了。"

宫岸玲子深深低头致歉，可看不出丝毫诚意。"连载期间忽然发生这种情况，真是过意不去，日后我一定有所补报。"

"可是，"我润了润嘴唇，"您这次连载的作品很受好评，读者来信也像雪花般飞来，都说期待早日看到下文。"

其实杂志并不是太畅销，雪花般的读者来信云云自然也是天方夜谭，只是为达目的，难免顺口撒个小谎。宫岸看起来深信不疑，频频点头应和。

"这么受欢迎的作品，就此中断连载实在太可惜了。这样吧，我们愿意减少每回的原稿页数，可否请您继续连载？

总编也说，如果您肯俯允，那真是帮大忙了。"

"做不到。"

我绞尽脑汁想找出办法打破僵局，却被宫岸玲子一口拒绝，不禁心头火起。

"为什么？"

"因为医生交代过了，孕期不能过度劳累，更不能从事会累积压力的工作。我也不算年轻了，这是我第一个宝宝，很可能也是最后一个，当然要为他创造最好的条件。"

"那读者怎么办呢？"

"我想读者也会理解的。要是这样勉为其难地糊弄交差，反而是对读者的不尊重。川岛先生，难道你不这么觉得？"

"话是这么说……"

尽管心里暗叫不妙，却还是被她牵着鼻子走。说白了，若论晓之以理，我压根就不是她的对手。

"这件事真的毫无商榷余地吗？我们也很为难。"

我调整作战方向，改为动之以情。不料宫岸玲子倏地变色。

"就算少了我的连载，你们出版社也不会关门大吉吧？要是我写稿写出个万一，你们怎么负责？根本就负不起责好不好！任何事物都补偿不了失去孩子的痛苦。即使这样，还是坚持要我写稿吗？川岛先生，我怀的宝宝和眼下的工作，你觉得哪一个更重要？"

"呃……"我势必不能坦言"工作更重要"，只得沉吟不语。我觉得肚子都痛起来了。

"说起来，我是觉得老师休息一阵子也无妨啦，只不过，我们公司那位，就是总编他……"

我吞吞吐吐地刚说到这里，她就直接挑明总编的名字："你是说尾高总编他会啰唆？"

我不假思索地回答："没错。"

"我明白了。"

女作家站起身，拿起客厅一角的无绳电话，噼里啪啦熟练地拨着号码。

"我是宫岸，请帮我找总编……啊，尾高先生，久疏问候啊。川岛编辑现在正在我这里……"

宫岸玲子把刚才对我说的话又重复了一遍，她越说越激动，唾沫星溅得话筒上到处都是。

劈头说了一通后，她静下来听总编答复。我估计她肯定会再次光火，赶紧做好心理准备，没想到她听着听着却笑逐颜开。

"这样啊，我就知道您一定会理解我的。"

这演的是哪一出？我简直看傻了眼。只见宫岸玲子心平气和地挂断电话。

"总编说了,可以休载一段时间。这下总没问题了吧?"

她得意地挺着胸膛,仿佛在夸耀自己的胜利。

我仓皇答了句"那就行了",从宫岸家落荒而逃。

刚回到出版社,迎面就是一声怒吼:"你这白痴!"

朝我咆哮的是总编。"你以为我派你去是为了什么?连礼金都赔上了!"

"可最后不是您自己拍板定夺的吗?"

"当时那种局面,我还能怎么说?"

毫无形象地争吵后,我们不约而同地叹了口气。

"没办法,先来想想下个月的天窗怎样填上吧。"

总编的这句话,标志着连载事件以宫岸玲子大获全胜告终。

宫岸玲子在文坛出道,是在三年前。她获得某新人奖的作品卖得很好,之后便逐渐跻身畅销作家的行列。普遍认为,她受欢迎的秘密在于文笔细腻感性,情节也引人入胜。但在我看来,她成功的最大原因就是抓住了年轻女性这一读者群,而且她出道时才三十左右,令读者颇有亲切之感。换了乏善可陈的大叔,故事再怎么有趣,只怕也不会像如今这样畅销。

她走上写作之路的动机,据说是因为婚后辞职在家,闲得无聊。现在她已是备受追捧的当红作家，作品轻轻松松就能卖出十万本。正因如此，她才会这么有恃无恐，我行我素。要是换了冷门作家如此任性妄为，马上就会被列为拒绝往来户。

之后，宫岸玲子果然如她自己所说，几乎完全停止了写作。偶有作品发表，也都是短短的散文，而且话题从来不离妊娠和分娩。大概她现在满脑子想的都是这些事了。

这年年底，编辑部收到宫岸玲子寄来的明信片，告知已经平安生下一个男孩。明信片上说，因为目前还难以恢复创作，将从下月开始重开连载。不消总编吩咐，我赶紧打电话去祝贺。接电话的是竹竿男，他说太太正带着孩子在娘家调养。我向他打听娘家的电话号码，他却一反常态地守口如瓶，终未告诉我。

"真拿她没法了。从下个月起一定要狠狠催稿。"总编气呼呼地说。

但这份心气没多久就烟消云散。到了下个月，没等我催促，宫岸玲子便主动寄来稿件。我又惊又喜，精神抖擞地致电感谢，此时她已回到家里。

"不用道谢，之前给你们添了不少麻烦，这就算是赔罪了。"

许久没听到她的声音了，不知是否因生了孩子，听起来比以前柔和一些。从她身后传来婴儿哇哇的哭声。

"不管怎么说,我还是很感激。过几天我想上门拜望,不知下周方便吗?"

"下周?下周刚好有点事……"

"那下下周呢?"

"呃……"电话那端,宫岸玲子似乎在思索着什么,"不好意思,暂时还没空会客。你知道的,我家里有宝宝要照顾。"

我心想,不是已经叫丈夫辞职来照料小孩了吗?但她既然明确表示不必来,我也不便贸然前往。于是我对她说,那就改日再去拜访,然后挂断电话。

之后每个月快到截稿期限时,女作家的稿件就会准时寄来。在她因怀孕宣布停笔以前,不管我催多少遍,她总是说什么"还没找到灵感",磨磨蹭蹭地一味拖稿。和现在相比,简直是天壤之别。我想或许是因为她做了母亲,再加上少了老公的收入,虽无太大的影响,她应该也有了相应的责任感。

然而宫岸玲子产后都半年了,我还没有和她直接会过面,平常有事就打电话,稿件也是传真过来。

我向别家出版社的编辑同行打听,发现情形相仿。但提到她交稿变得准时这一点,人人都毫不掩饰喜悦之情。

我前往宫岸家，是在八月一个溽热的傍晚。杂志的连载已在两个月前顺利结束，即将汇整成单行本出版，我此行就是去将校样送给她过目。本来我吩咐打工的女孩寄送过去，可她竟然昏头昏脑地忘了，刚好我回家时要路过宫岸家，索性就直接送去。

到了宫岸家附近，我找了个公用电话亭给她打电话，告诉她我这就过去。

"马上就到？这……有点棘手啊，我正忙着工作。"

女作家明显很狼狈。听她这样惊慌失措，反而激起了我的好奇心。

"我只是来送校样，放在玄关我就回去，老师尽管专心写作好了。"

我这样一说，她就很难拒绝了。沉默片刻后，她才略显冷淡地说："好吧。我会知会外子，到时就请你把校样交给他。"

到了宫岸家，从玄关出来的果然是她那竹竿男丈夫。他看起来比以前愈发清瘦，双眼也发红充血。又要做家务又要带小孩，显然很辛苦。

我把校样递给他。"老师近来可好？感觉相当忙碌啊。"

"是啊，好像在赶什么稿子。承蒙你特意跑一趟，她却没出面接待，实在很抱歉。"

他神色谦恭地频频鞠躬道歉。就在这时,里间传出婴儿的哭声。他道声"失陪",回身入内,不一会儿又抱着婴儿折返。

"哈哈哈,一刻没人看着都不行,真服了他。"

他有气无力地笑了笑。婴儿仍在哭个不停,那副模样实在不怎么可爱。可能是哭得太用力了,脸蛋涨得通红,活像烫熟了的平家蟹[①]。

"他这么精神活泼,不是再好不过嘛。"

说完这句不痛不痒的话,我便告辞离去。

出门后,我没有回原路,而是绕到房子背面。我知道宫岸玲子的工作室就在那里。

我伸手攀住院墙,踮脚朝里张望。庭院中花木的对面有一扇很大的窗子,上面挂着白色蕾丝窗帘。

透过窗帘,依稀可见宫岸玲子穿着粉红色T恤的身影。许久未见,她并没有多大变化。她坐在文字处理机前,默默地敲着键盘,不时活动活动脖子,伸手抓抓屁股。

好像没什么异样。

我不经意地环视周围。窗子斜下方放着一台大得离谱的空调室外机,发出嗡嗡的运转声。看着这幕景象,我不

[①] 又名日本关公蟹,一种生活在浅海泥砂质海底的小型蟹类,背甲上的沟纹酷似发怒的人脸。

觉怀念起空调的凉风，离开院墙，踏上了归途。

出版界开始传出流言，说宫岸玲子变得不愿和人打交道。因为产后都已经一年了，谁也没再见到她。各色小道消息满天飞，不是说她生子后暴肥，就是说她整容手术失败，但这些都被包括我在内的几位编辑一致否定。说来叫人吃惊，除我之外，还有不少人也隔着窗子偷瞧过，据说有一位还被附近的主妇逮个正着，险些被当成色狼收拾。

据最近偷看过的人透露，她依然很热心写作，不时也停下手，哄哄已经长大了一点的小孩。

"该不会是生了孩子后热爱家庭，不想再和出版界的怪人来往了吧？"那位编辑不无自嘲地说，"但也无所谓。只要她肯替我们公司写稿，我也没什么好抱怨的。"

实际上，她的创作很受好评，小说也同休产假前一样畅销。

可是有一天，我看到了令人震惊的一幕。

那天风和日丽，明明才四月，却暖和得让人想脱掉外套。我来到睽违已久的宫岸家，给她送小说单行本的样书。按响宫岸名牌下方的门铃后，我像往常一样，等着女作家的丈夫应门。

不料一按再按，依然没听到那个细弱的声音回应。今天来之前我已联系过了，真想不通怎么会没人在家。

我绕到房子后面，像上次那样扒着院墙朝里窥探。窗子上依然挂着窗帘，但室内的情形清晰可见。宫岸玲子正在房间里埋头写作，和上次看到的情景一模一样。要说有不同，大概就是她换上了春装毛衣。

既然在家，有人按门铃好歹答应一声呀。莫非房间里有隔音设备，听不到声音？

正转着念头，我又注意到那台空调室外机。天气这么温暖，它却运转依旧。

这也太浪费电了！

穷哈哈如我，不由自主就冒出这个念头。

不久，女作家仿佛听到什么动静般回过头，微微一笑，蹲下身又再站起。原来她是把孩子抱了起来。看来她儿子已经在蹒跚学步了。

我转回正门前，正要再按一次门铃，一辆黑色奥迪驶入停车场，驾驶座一侧的车门打开，走出宫岸玲子那瘦弱的丈夫。

"对不起，因为交通事故路上很拥堵，让你久等了吧？"

"没有，我也是刚到。"我赶忙说道。

竹竿男听后似乎松了口气，打开车厢门，从里面抱出一个穿白衣服的小孩。

"这孩子是……"

"我儿子啊。小家伙长得飞快,对吧?"

"噢……"

怎么回事?这要是他们的儿子,那刚才宫岸玲子抱的又是谁家小孩?没听说她生了双胞胎啊。

"怎么了?"

看到我无法释然的表情,竹竿男似有不安地问。我本想开口问小孩的事,但他那怯怯的眼神又令我心生踌躇。

"没什么,这孩子真可爱。"

我随口恭维了一句,将小说单行本的样书交给他,便转身离去。但这个谜团一直留在我心里。

终于有一天,我去拜访了宫岸玲子分娩的医院。我猜可能她实际上生的是双胞胎,却因故隐瞒了这个事实。不知为什么,我刚提到宫岸玲子的名字,医生就露出戒备的神情。

"莫非你对我院的服务有所怀疑?"

他的语气就像要存心吵架。我心想这种态度本身就很可疑,但还是先从四平八稳的问题入手,问他宫岸老师产后情况怎样。不知哪里冒犯了他,他的态度愈来愈生硬,最后竟大发雷霆说:"你是故意来找碴的吧?"我只得落荒而逃,但也确信医院隐藏了秘密。

我向附近居民打听这家医院的情况,获得的信息着实耐人寻味。了解医院情形的主要是些中年大妈,她们众口一词地说:"那里的医生医术很烂。"据说这家医院建筑现代气派,很容易给人造成错觉,其实却已经死了好几个病人。这些病人如果在其他医院,绝对可以救活。

我有种非常不祥的预感。

但宫岸老师应该平安无事,她不是在很有活力地工作吗?况且再怎么想,医生差劲和生双胞胎也扯不上关系。

不明白,真是不明白。

我百思不解,不得不死心放弃。

令我重新看到曙光的,是《经济报》的一篇报道。甫一得见,我顿觉豁然开朗,脑海里浮现出一个设想。我认为这是唯一的可能。

我向朋友借来手机,来到宫岸家。这次我没按门铃,直接绕到屋后。

从院墙外伸长脖子望去,女作家一如往常地坐在工作室里写作。确认之后,我用手机拨打到宫岸家,接电话的是她丈夫。

"我是四叶社的川岛编辑,请问宫岸老师在吗?"

"噢,在的在的,请稍等。"

我一边等，一边透过窗子盯着她的动静。竹竿男没来叫她接电话，也没有转接到她房间的迹象。不久，话筒里却传出女作家的声音："让你久等了。"

"我是川岛，您近来工作状况如何？"

"嗯，还是老样子，很忙呀，恐怕没时间给你们公司写稿。"

"那真遗憾。"

隔窗看去，宫岸玲子仍像刚才一样埋头写作。那和我说话的又是谁？

我敷衍着结束通话，离开了宫岸家。回程的电车上，我取出从那份《经济报》上剪下的报道。

这篇报道的内容是一家公司开发出高分辨率的大型家庭用显示器。宫岸玲子的丈夫过去正是在这家公司任职。

老实说，我对自己身为编辑的能力丧失了自信。小说中途更换了写手，我这个责任编辑竟懵然不觉，实在太不像话。但其他编辑恐怕也都差不多，而赞扬"不愧是女性特有的细腻描写"云云的书评家也没好到哪里去。

话说回来，那竹竿男也真够大胆的。

宫岸玲子应该已死在庸医手里。近来通常不会有人因分娩而送命，但并非完全没有。

竹竿男决定和医院串通一气，隐瞒宫岸玲子的死讯。

医院方面本来风评就坏，唯恐因此事雪上加霜，对他的提议自然乐于遵从。

他之所以做出这种举动，一定是为了保住现在的生活。如果宫岸玲子的死讯传开，收入也将化为乌有，于是他打定主意由自己代写小说，以宫岸玲子的名义发表。

问题在于怎样伪装出太太还在世的假象。首先在电话方面，他应该是使用机器改变自己的声波频率，让声音听来俨如女作家本人。现在想想，每次我说完话，总要隔上几秒才听到她的回答。

而我透过窗子看到的情景，无疑是利用大型显示器制造的效果。他大概找了以前的同事，得以破例拿到试制品。

女作家的身影想必是用电脑制作的图像。他连小孩都不忘编辑进去，心思也太缜密了吧。

这样空调的谜团也解开了。大型显示器和电脑持续运转后，发热量大得惊人，为了降温散热，就必须一直开着冷气。

只是，真看不出来，她丈夫居然这么有文才。

想到这里，我心中一动。

或许从一开始，就是丈夫在写作。

但他认为打着年轻女作家的旗号比较容易畅销，于是都以妻子的名义推出。

这么一想，一切都对得上号了。最近"宫岸玲子"交稿很准时，是因为竹竿男辞了公司的工作，可以专注写作。

"然后呢？"听我说完前因后果，总编板着脸问，"那又怎样？"

"什么怎样啊……您不吃惊吗？"

"吃惊啊。"

"是吧！"

"但这和我们又有什么关系？"

"……"

"我们要的就是宫岸玲子这块金字招牌。只要书上贴了这块招牌，读者就会买账。至于宫岸玲子究竟是谁，根本无关紧要。明白没有？"

"明白了。"

"那好，"总编指着我的办公桌，"快去忙你的。"

我心悦诚服地回到座位，觉得总编所言确实有理。倘若宫岸玲子其实是个竹竿男这一真相曝光，我们或许会被读者杀掉。

听之任之吧，我下了决心。

又过了几年，宫岸玲子的书依然畅销不衰，只是出版界从来没人提及她的私生活。顶多参加宴会时，新入行的编辑偶尔会说:"前些天第一次从窗子看到了老师,真是吃了一惊。和出道时相比,她的样子几乎一点都没变。"也就是这种程度了。

碰到这种时候,我们这些资深编辑就霍地转身,和其他人闲谈起来。

杀意使用说明书

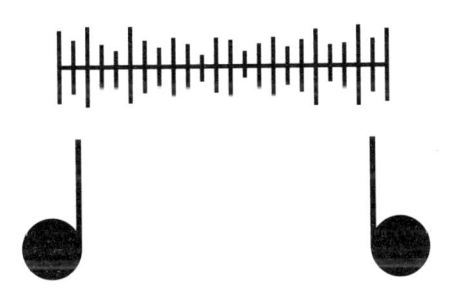

神田是我常来的地方，旧书店却一次也没进去过。不戴手套去碰那些以前不知归谁所有的书，光想想都觉得不舒服。而且最重要的是最近我很少看书了，偶尔瞄瞄铅字，也都是求职资讯杂志之类的。这一两年，我连书店的新书专柜都敬而远之。

但那天不知怎的，我却信步走进了那家旧书店。它位于拉面店旁边，门面狭小，脏兮兮的旧书一路堆到门口，我一个不留神，前几天刚买的裙子都蹭脏了。

店里的顾客全是男的，每个人都兴味盎然地细细打量着架上的书，不时抽出一本来看，感觉就像封闭在自己的世界里，对其他人视而不见。我觉得他们一定都是宅男，迷恋书本的那种。

我懒得一本本抽出来看,只是眺望着成排的书本,心想,待在这种地方算什么名堂?就算进来了,也压根就没有想找的书。这里是世界上与我最没交集的地方之一。

但不知什么缘故,我却无法抬腿离去。刚才从这家店前经过时,我有种预感,这里有某样东西,它在呼唤着我。

我在店里转悠着,心不在焉地望着书山。这里究竟有什么如此吸引我呢?

转了好一阵后,我不禁在心里嘲笑起自己。真是蠢透了!这种地方哪会有救得了我的灵丹妙药?只不过是自己走投无路,实在没辙了,才会产生这种奇怪的幻想。

走吧,还不如去喝杯苦咖啡强些。

这样想着,我走向出口。就在这时,我发现了那本书。

那是本白色的书,放在最靠近出口的书架边上,厚约一厘米,没有封面。

杀意使用说明书——这是书名。

文字磨损得厉害,得仔细看才能分辨出来。为什么会留意到它,我自己也不知道。

回过神时,我已经买下书出门了。在收银台拿出书结账时,店主似乎意味深长地看了我一眼,但最后只是冷淡地说:"两千六百元。"

两千六百元。若是拿来解闷，价格还算适中。

回到狭窄的单身公寓，简单吃过饭后，我把买来的书摆到桌上。好诡异的书名，我这才想起，自己连它是小说还是散文都没搞清楚就买下来了。该不会是实用书吧？

然而，书的第一页上印着如下文字：

谁都会很容易产生杀意，但实际上，正确的使用方法却未曾广为人知。靠着一知半解的知识去使用，很有可能招致非常可悲的结果。本书旨在为初次使用杀意的读者提供指导，确保您安全正确地实施杀人。此外，读过本书后、达到目的之前，请您珍重保存。

我再翻过一页，这一页是目录。

目录

准备……………………………五页

杀意的概要与基本操作…………十页

杀意的初始化……………………十四页

调整………………………………二十二页

…………

"喊，这算什么？"我禁不住把书扔到一边。

看样子这既不是小说也不是散文，确实就是使用说明书。我怎么会买了这么无聊的书来？

之所以这么愤怒，是因为我最讨厌这种使用说明书了。购买录像机、音响之类电器用品时，总会附送一份说明书，但我从没好好看过。我自有一套对付电器的办法，那就是胡乱摆弄一通开关，只要能掌握基本操作就行。所以朋友常说，我虽然买了一堆性能先进的机器，却连十分之一的性能都没用到。

我不看使用说明书的原因有二。一是就算看了，也绝对会一头雾水，不是碰到不认识的字眼，就是冒出不知所云的用语，害得我心里发急。两年前我买过一台笔记本电脑，从未使用就丢进了衣柜，原因就是实在看不懂说明书。

另一个原因，就是说明书里的东西都是糊弄人的。我有好几次怎么都没法顺利使用机器，于是看着说明书来操作，但从未得到过满意的结果。以预约录像为例好了，我明明按照使用说明书的指示做了设定，它却时灵时不灵，让我很不放心，碰到录制特别想看的节目时，一到节目时间我就得坐到录像机前，盯着看它是否确实在运作。这样，不是完全失去预约的意义了吗？气愤之余我得出结论：使用说明书都是蒙人的。

我把买来的书丢到一边，打开遥控器想看看电视，但频道换来换去，除了无聊的电视剧、新闻节目，就是走遍全国尝美食的节目，没看两眼就关了。我再度望向桌上的那本书。

想想这书还怪。杀意这种东西，各人都是暗藏心底，一旦激发就会酿成犯罪，照理说，与想开就开、想关就关、还可以调节程度的电器用品应该不是一回事。

我再次拿起那本书，翻到"准备"这一页，那里写着如下内容：

确定对象

请锁定您要杀的对象。如果不止一人，请参照模式二。锁定之后，请理清你们之间的爱恨情仇。

我抬起头，想起矢口育美那浓妆艳抹的脸。

育美是我读女子大学时结识的朋友，如今想来，我真够糊涂的，有一阵子甚至拿她当好朋友看待。可惜这只是我在一厢情愿，她纯粹只是利用我罢了。对此，我现在已经一清二楚。

我再翻开一页，是"杀意的概要与基本操作"，讲的是杀意萌生的机制，以及诸如不可随便抱持杀意之类的注意事项，我觉得说教味十足，看到一半就跳过去了。

接下来是"杀意的初始化"，内容如下：

> 将杀意初始化
> 有时在烦恼中沉浸了太久，不知不觉心里全被憎恨占据，反而连究竟为何起了杀意都模糊不清了。在此请回想您最初萌生杀意的缘由，并整理好心情。

这倒是真的。最近每次想起育美的一举一动，我的憎恨就跟着水涨船高，但为什么最不能原谅她，我自己也不明白。

好吧，那就把杀意初始化看看。我开始回想起往事。

我们之间的导火线是绪方洋一。

我和洋一在同一家公司工作，以前还在同一个部门。朝夕相处之余，我们逐渐走到一起，最后确定了恋爱关系。我们没有明确谈论过将来，但我希望和他结婚，他应该也是这样打算。部门的同事都知道我们的事，常有人问我："几时办婚礼啊？"

而我最大的失策就是把他介绍给育美这种人。

那天晚上，我和育美两人小酌，她忽然要我将男友介绍给她认识，还说现在就把他叫来。我本不想给洋一添麻烦，育美的下一句话却让我改变了主意。

"要是他真的迷恋你，不管什么时候都会飞奔过来的。"

如果不肯响应紧急召唤，就说明他没把你放在心上——她只差没这么说了。我一时负气，当即答道："那我就打电话看看。"

拨通电话后，洋一非但没有不乐意，反而欣然答应。约三十分钟后他出现时，我满心都为在育美面前颜面有光而沾沾自喜。

可我错了。从学生时代起，育美对看中的男人就非抢到手不可。我本该及时想到这一点的。洋一中途离席，育美在我耳边低语"他好棒啊，真羡慕你"的时候，我也应该警觉。可我只顾扬扬得意地大谈洋一的种种优点，甚至连他家里资财雄厚都和盘托出。

洋一性格温柔体贴，这是他的优点，但同时也是弱点。对此，我本来也该当心。就算被看作多疑善妒也好，当育美向他提出"下次请教我打高尔夫"的时候，我应该抢着说"不捎上我可不行哦"。可我不仅没有这样做，反而觉得"就把帅气的男朋友借你一用吧"，沉浸在飘飘然的优越感里，对育美内心的垂涎欲滴浑然不觉。我真是个大傻瓜。

变化是在约一个月后出现的。洋一的态度开始变得很不自然,和我在一起时总显得心绪不佳。就在介绍他认识育美后的第三个月,他带着几分惶恐提出了分手。所谓晴天霹雳,说的就是这样的事吧。

在我的追问下,他坦白了和育美的关系。他说育美多次邀他去打高尔夫,两人一起打球时,不知不觉就迷上了她。但我不相信。不是他迷上育美,一定是育美主动诱惑了他。

我流着泪向育美抗议,她一脸为难地这样说道:

"我也觉得很对不住你,但既然他选择了我,我也没办法。他的心已经不在你身上了,就算勉强和他在一起,你也不会幸福的。"

我不禁心头火起,而她也蓦地变脸,恶狠狠说道:"你有什么权利独占他?又不是他太太!"

我千方百计想挽回洋一的心意,但或许是育美在背后搞鬼,他始终不肯回头。

我和他关系触礁的事在公司里也传开了。每个人都离我远远的,向我投来怜悯和好奇的目光,前辈中的老姑娘还很同情地对我说:"一起去找好男人吧。"可我一点都不想被那种丑女安慰。

然后就是前些日子的人事变动。

我毫无心理准备地被调离。新部门很不起眼,也没什么业务,里面几乎都是快到退休年龄的男职员。

把我调到这里的原因显而易见。依照我们公司的惯例，同事结婚时，女方要调到其他部门，情侣分手时也同样如此。

我很喜欢以前的部门，工作上只是辅助男同事，不需要自己做企划、谈交易，平时气氛很活跃，有机会去名人云集的场合，不时还会奉命接待客户，大家都夸我是部门的一朵花。

可如今我却穿着土里土气的制服，做着复印资料、誊写联谊会日程表之类的工作。那种联谊会，光是想想都郁闷死人，参加的女子就我一个不说，和一帮暮气沉沉的老头子去温泉旅行，到底有什么好开心的？

不如辞职吧，我下了决心。最近我常常翻看求职资讯杂志，可社会不景气，很难找到条件优渥的公司。我也曾想过干脆去做酒店小姐，但在那种地方工作，万一被朋友撞见，他们会怎么想？我绝对不想沦为笑柄。

唉，为什么我得整天为这些事烦恼呢？总之都怪育美。自从她抢走我的洋一，倒霉事就接踵而来。都是那女人的错，她死了才好！

我心里的憎恨渐渐弥漫开来，化为全新的感觉复苏了。我恨不得现在就杀了她！我已经按捺不住了。

合上书，我站起身，在狭小的房间里来回踱步。怎样才能杀了育美呢？我全神贯注地思索这个问题。

第二天公司午休时,我去附近的购物中心买了把厚刃尖菜刀,自然还乔装打扮了一番,换了衣服,戴了眼镜,发型也作了改变。

入夜后,我来到育美居住的公寓旁,悄悄套上一件黑色长袖运动衫。这是为了夜色中不易暴露,万一血溅到身上,也不容易看出来。一切准备就绪,我埋伏在停车场车辆的阴影里。每周的这一天,育美都去上英语口语课,还神气活现地开车来回,这个时候差不多该回来了。

引擎的轰鸣声响起,一辆红色汽车驶入停车场。正是育美的车子。她倒车进入车库,不久轰鸣声停止了。我握紧菜刀,掌心渗出汗水。

车门开了,首先伸出的是她那轮廓优美的双腿,裹着带图案的长筒袜。紧接着,穿着套装的育美出来了。她关上车门,挎上皮包,意气风发地迈步向前,高跟鞋的声音在停车场里回响。

我紧握菜刀,想冲出去,脚却动不了分毫。笨蛋!你在磨蹭什么?不快点追上去就来不及了。

但结果我只是一动不动地待在原地,眼睁睁看着育美的背影消失在公寓里。确认已彻底失去机会后,我慢吞吞地站起身,手中的刀柄已被汗水濡湿。

回到家，我发了好一阵呆。明明下了那么大的决心，却在最后关头腿软，我真替自己觉得丢脸。

我拿出《杀意使用说明书》。昨天我只看到"杀意的初始化"，这次我继续看后面的"调整"部分，尔后顿有恍然大悟的感觉。

这部分的说明如下：

将杀意初始化，恢复到最初憎恨对方时的心情，接下来就是对这种心情加以调整。如果省略了这一步骤，临到动手时就会畏缩不前，即便一时冲动付诸实施，也会因得意忘形而犯下不可挽回的失误。

原来是这样啊。早知道先看一遍，就不会出现今晚那种情况了。至于调整的程序，则如下所述：

请检查您的杀意的强烈度符合以下何种级别，并遵从相应的指示。

一级（宁可豁出一死，也要杀了对方），参看二十三页。

二级（宁可遭到逮捕，也要杀了对方），参看二十四页。

三级（不希望被逮捕，但愿意做出一些牺牲），参看二十六页。

四级（希望可以不付任何代价地杀了对方），参看三十页。

自然是选四级了。我翻到第三十页，看到上面的内容，不禁有些受打击。

四级说明杀意还不充分。请选择增加杀意（下一页），或者放弃犯罪（一百五十三页）。

这样啊，我叹了口气。要把对方杀掉，自己却不想吃半点苦头，这如意算盘也未免打过头了。一级总该没话说了吧？这样想着，我翻到第二十三页。

一级说明冲动的杀意过于强烈，请依照以下步骤冷静化。

一、想象一旦死去，万事皆空。

二、想象最坏的情况下，自己死了，对方却得以幸存。

原来如此。即使杀意够足，如果到了冲昏头脑的程度，恐怕也是不行。果然有调整的必要。

反正我不想放弃犯罪，于是翻看第三十一页"增加杀意"。

增加杀意

如果下不了决心行动，请想象对方的幸福生活。

如果不杀掉她……

一定会生活得很幸福，育美这家伙。洋一家有的是钱，两人结婚后，应该会替他们单独盖栋房子，而且肯定是上班族辛苦一辈子也买不起的豪宅。家里还会雇上几个用人，育美名为主妇，却什么都无须操心。她自然会辞掉公司的工作，整日穿着华服参加派对，和一帮同样阔气的太太争奢斗富。不时还会去海外旅游，不是夏威夷四宿六天的那种，而是周游世界，或者在巴黎盘桓一个月。可恶，可恶！这些本来都是我的，都应该属于我，却被那女人夺走了，被那种蠢女人，那种脑子空空如也、除了胸大一无是处的女人。

我从海外旅游联想到新婚旅行。我不知道他们会去哪里，但育美一定会把旅行的照片印成明信片，广送亲朋好友。

说不定还会寄给我一份,向我炫耀她的胜利。她心肠就有这么坏!

我要杀了她!不杀了她我不甘心!只要能杀掉育美,就算多少做出一些牺牲我也愿意。

想到这里,我忽然发现这已是相当于三级的杀意。三级对应的是第二十六页,我便翻开来看。

  三级是适合犯罪的状态。请仔细阅读杀意的管理(八十七页)后,再参看杀意的实施(九十九页)。

好了,看来杀意的调整已经完成了。这样一想,我发觉内心对育美的杀意汹涌澎湃,而且头脑冷静,无惧一切后果。

我依照指示翻到第八十七页,一看内容,不由得皱起眉头。

  杀意的管理
  请将杀意纳入用户管理模式。如遇到无法控制的情况,请先提升杀意的程度,再采用多元模式将其降至合适水准。

这是什么？怎么忽然冒出看不懂的字眼？

书的最后附有名词解释，我翻到那里查看。关于"用户管理模式"，说明如下：

> 指对杀意操纵自如的状态。参照精神操作部分。

我看得似懂非懂，把书哗啦哗啦翻了一遍，也没找到所谓的"精神操作部分"。

本想不管了，继续往下看"杀意的管理"，不料却碰到一堆高深莫测的词，很伤脑筋。这部分看起来也不怎么要紧，我索性跳了过去。"杀意的管理"最后这样写道：

> 维持杀意的水准至关重要，请务必检查管理项目后，再行犯罪。

嗯？看样子这还是很重要的，但页数太多了，实在不耐烦重看，于是决定万一事有不顺时再来读过，先去看"杀意的实施"，这是在第九十九页。

杀意的实施
确定杀意的水准保持稳定后，请依照以下指示实施杀意。
　　一、拟定实施的计划…………一百一十二页
　　二、选择实施的方法…………一百二十一页
　　三、事后处理………………一百三十页

我大致浏览了一遍。

周五晚上，我在育美公寓附近打电话给她。
"我正好有事来这附近，现在去你那里方便吗？"
"这么晚的时候？"育美听上去很不情愿。
"只是顺便路过，坐一下就回去。那就叨扰你了。"不等育美再说，我挂了电话。
来到育美住处时，她对我冷若冰霜。
"我明天一大早就有事。"
"哦，是吗？和洋一约会？"
育美不作声。我脱鞋进屋，看到玄关放着一双黑色高跟鞋。这双鞋很受洋一青睐，我也有过一双。
"我带了葡萄酒，麻烦你拿杯子出来吧。"我把一瓶白葡萄酒亮给她看。
"我现在不太想喝酒。"
"别这么说，陪我喝一杯嘛。"

育美无可奈何地拿了两个葡萄酒杯出来。我拔开瓶塞,分别斟满。

"为你和洋一干杯!"我向她举杯。

"你这是讽刺吗?"育美目光锐利地瞪着我。

"怎么会?我是真心的。我已经一点都不介意了。"

"那就好。"育美抿了口葡萄酒。

怎么可能不介意!我在心里低语。

彼此无言地对酌片刻,育美起身离席。我早就在等这一刻了。她一走开,我马上取出藏在皮包里的白色毒药,倒进她的酒杯。这是种剧毒的药物,服下后几分钟就会毙命。之后我若无其事地继续喝酒。

育美回来了,手上拿着一个小盒子。

"有样东西想送给你,只是之前一直找不到机会。"

"是什么?"你还是赶快把葡萄酒喝了吧,这样想着,我敷衍问道。

"你打开看看就知道了。"

我牵挂着她面前那杯葡萄酒,打开她递给我的盒子。盒里是一枚金胸针,状如中世纪骑士所佩的长剑。

"这是友情之剑。"她抬眼望着我说,"我真的觉得很对不起你。洋一向我求婚时,我心烦意乱,因为我不想失去你这个朋友。"

哼，她在说什么啊？这种鬼话怎能骗得了我？

育美低下头。"可最后还是对他的感情占了上风……对不起。"

"你用不着道歉。"我说，"我又不是他太太，根本没有独占他的权利——这不是你说的吗？"

"我知道我说得很过分。"育美垂着头说，尔后抬起头，"可是相信我，那不是我的真心话。我那样说，是想亲手给这段友情画上句号，我觉得那样对彼此都好。可我终究还是不想失去你，所以我买了这个，想送给你……我知道都是自己太任性……"

看到育美流下眼泪，我不由得不知所措。从学生时代起我不止一次见过她哭，但可以肯定地说，那都是假意做戏，从来没有真的掉过眼泪。

"育美……"

"对不起！对不起！"她哭着说，"请原谅我！"

才不原谅呢！我心里响起这样的声音，但声音细若游丝，而且我开始萌生出无可奈何之感。

育美伸手去拿酒杯。我抢先一步装作去拿自己的杯子，故意把她的酒杯碰翻，下了毒的酒洒到了地板上。

一回家我就后悔起来，觉得被育美算计了。她早就擅长假哭,再磨炼磨炼技术,说不定现在眼泪已经说来就来了。

她送给我的胸针,回家后仔细一看,发现也是个廉价货。还有她那什么友情之剑的说法,我从来就没听说过。我越想越后悔这样毫无作为地回来。

为什么就不能顺利实施杀意呢?才那点花言巧语就被迷惑了,我真糊涂。

我翻看那本使用说明书,发现最后有一项"疑难解答",内容就类似电器用品的故障处理指南。其中有这样一段:

症状:无法如心中所想那般产生杀意,中途气馁
原因:●气势不足(对策:鼓足气势)
　　　●实际上并不特别憎恨对方(对策:放弃犯罪)
　　　●杀意未经过正确调整(对策:实行杀意管理)

果然,看来是上次略过没看的"杀意的管理"中藏有玄机。虽不甚起劲,我还是再次翻到那一页。

……为防杀意中途消失,请进行杀意的维持。返回用户管理模式,调整杀意强烈度后,再通过手动操作实施。实施时请注意切换模式的时机(参照五十五页)。将杀意的程度铭刻在存储器中时,应通过精神操

作实施，步骤与使用外接存储器时相同。此外，借由催眠术下达指示时，请参照模式二……

我把书扔到一边。简直不知所云！

一阵绝望涌上心头。从头到尾，我根本就没弄清它在说什么。连内容都看不懂，想要抱持杀意、杀死他人只怕也是天方夜谭。

横竖我就不是这块料，我想。

几个月后，我收到一张明信片，印着育美和洋一在加拿大滑雪的照片，这是他们新婚旅行时拍的。

看到这张照片，我心头重又涌起憎恨。

混账，混账！我一定要你好看！

然而，与此同时，另一个自己又在耳边呢喃：杀人这种无法无天的事，你终究是做不出来的。

那本使用说明书还放在书架上，我不时抽出来翻看一下，但总是立刻头疼起来，又放回去。这样的场景不知上演了多少遍。

至于我的杀意……

现在正待在衣柜里，和笔记本电脑一起落灰呢。

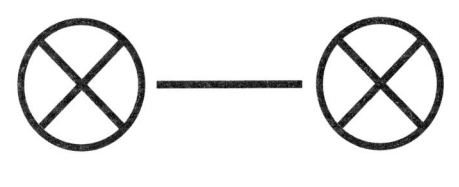

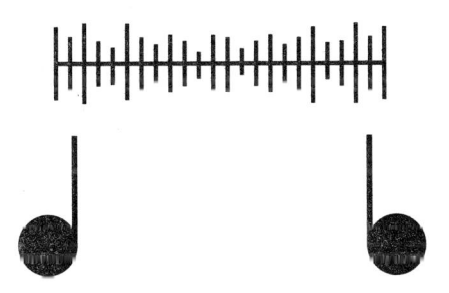

补偿

狭窄得似乎根本不容错车的小路两旁，造型相同的小型住宅鳞次栉比。同一材质的低矮门柱、局促的停车场、小路近在咫尺的玄关大门，让人觉得里面的住户只怕也都大同小异。

标有"栗林"的名牌挂在从拐角数起的第二家。门外停了一辆自行车，应该是里面的过道放不下吧。不经意地环顾四周，藤井实穗发现家家门口都停着自行车，有的还停了两辆。这里远离车站，自行车肯定是必需品。两边都放了自行车，本就狭窄的小路越发难行，但既然家家如此，想必倒也相安无事。

这里的建筑格局如此拥挤，不知噪音会不会扰到邻居？

想到自己即将拜访的那户人家，她不禁有些担心。

按响门铃后，传来一个女人的声音，听起来是这家主妇。实穗告诉对方，桥本先生介绍她前来拜访。不久玄关的门开了，出现一位中年女子。她打扮得普普通通，和这座狭小的独栋房子很相配，但从外表判断，远没有实穗想象中那么年轻。再怎么看，她的孩子年龄也不会很小了。但倒也没有规定钢琴一定得从小学起。

实穗鞠了一躬，从手提包里拿出名片："敝姓藤井，很高兴认识您。"

对方瞥了眼名片，毫不客气地上下打量了实穗一番，总算开口了："请进。"

"打扰了。"

走进房子，实穗有种不对劲的感觉。她做这份工作已经好几年了，去别人家第一次登门拜访时都会受到热情接待，这家的女主人却好像不太高兴，表情分明觉得她很碍眼。实穗不由得暗自纳闷。

女主人将实穗领到一间六叠大的和室。或许是因为家里空间紧张，这里不像一般客厅那么疏朗，靠墙摆放的组合式家具里，满满地塞着书本和生活用品，电视机直接与电子游戏机接在一起。

女主人离开后没多久，实穗听到有人下楼。应该是小孩下来了，不知道几岁了，是男孩还是女孩。

然而，纸门拉开后，进来的却是个头发稀疏的中年男人。实穗猜此人是女主人的丈夫，一家之主。"哦，你好。"男人的表情好像有些拘谨，他在实穗斜对面坐下，手上拿着两张名片，一张是刚才实穗递给他太太的，另一张他放在实穗面前的矮桌上。"谢谢你这么远专程过来，我姓栗林。"

那张名片上印着某家电制造商的名字，栗林的职位是照明器材设计科科长。

孩子的父亲居然递来名片，实穗觉得有点为难，但还是把名片收进包里。

"你是从家里过来的吗？"栗林问道。

"是的。"

"需要多久？"

"约三十分钟。"

"三十分钟啊，那请你上门授课应该没有问题吧？"

"没问题，比这还远的家庭我都去过。"

"是吗？那就好。"栗林看来放心了。

"请问……"实穗略一踌躇，切入主题，"您的孩子在哪儿呢？"

"我的孩子……应该在补习班。"栗林抓抓头，朝拉门看了一眼。

"多大了?"

"你问年纪吗?说来难为情,已经整五十了。"

"不,我不是问您的年纪,是问您孩子的……"

"哦?我孩子的年龄?她上初三了,多大呢……应该是十五岁,正是最让人操心的时候。"他笑了起来,表情却依然透着拘谨。

正读初三,岂不是要准备应考?实穗诧异地想。"这样不会和学习冲突吗?"

"啊?"栗林愕然道。

"我是说,初三的时候学钢琴,会不会对高中升学考试有所影响?"

实穗这么坦率一问,栗林不由得张大了嘴,尔后一脸局促不安。"呃,不知桥本是怎么跟你说的?"

"怎么说的呀……他说府上有孩子想学钢琴,正在找老师。"

桥本是实穗现在做家教的女学生的父亲,在公司里是栗林的部下。

"这样啊……"栗林抓了抓稀疏的头发,喃喃低语,"其实我只是对他说,我想找钢琴老师。"

"莫非有什么误会?"

"我不知道算不算得上误会,但情况是有点儿不同。"

"具体来说呢？"

"这个嘛，要学钢琴的不是我女儿，而是，呃……"栗林干咳一声，挺直身体看着她，"是我。"

"什么？"

看到实穗张口结舌的样子，栗林显得很失望。勉强干笑几声后，他问："这样果然很怪吧？"

"哪里，我不是觉得古怪，只不过，嗯，和我之前听说的不一样。"实穗也试图挤出笑容，但她自己都知道表情僵硬得很。

"你很纳闷吧？"栗林搓了搓手，"都这把岁数了，还要学钢琴。"

"您以前弹过吗？"

实穗暗想，若是这样倒也可以理解，但他摇了摇头。"我完全是一张白纸，别说钢琴，连口琴都没吹过。"

"那为什么忽然……"

"唔，反正就是这样，忽然下定决心要学钢琴。"

"这样啊……"

"这件事你可以对桥本保密吗？就让他以为是我女儿在学钢琴好了。"

"好的，我知道了。"

"那么，"栗林抬眼望着她，"我这把岁数，是不是已经学不了钢琴了？"

实穗慌忙摇头。"怎么会不行？我倒觉得这是好事。就算上了年纪，一样可以挑战新事物。"

"这么说，你愿意收下我了？"

"当然。"实穗点头答道。她曾听音乐大学的朋友说，上年纪的人一旦下决心学习，反而更有积极性，比教小孩还容易几分。况且他们也没指望要成为钢琴家，也就不会有太大的压力。

"哦，你肯接受啊，那太好了，我终于放心了。"栗林那种不自在的表情消失了，显然他之前一直担心遭到拒绝。

"不知道是在哪里上课？"

"哦，我带你过去，在二楼。"走上窄窄的楼梯，两扇房门映入眼帘，一扇是普通的门，另一扇则是和式拉门，看来二楼共有两个房间。栗林推开拉门。"就是这里。"他有点不好意思地说。

这是一间四叠半大的和室，靠墙并列着两个衣柜，对面放着一架立式钢琴，在这狭小的屋子里，看起来就像一块巨大的岩石。实穗环顾房间，不禁心想，钢琴竟有这么庞大吗？

"小女的房间也已经很挤了，只能放到这里。我是从那边的窗子弄进来的，费了好大力气。"栗林抚着熠熠生辉的钢琴说。

"这是最近才买的吗？"实穗问。

"是啊，上周买的。"栗林不假思索地答道。听口气，是他为了学琴特意买回来的。这到底是出于坚定的决心，还是一时头脑发热，此刻实穗还无法判断。

"什么时候开始教琴呢？如果方便，我想现在就学。"栗林搓着手说。

实穗有点被他的积极性震住了。

"我今天已经排了课程，从下周开始如何？听说您周一有空，我们就每周一晚上八点到九点吧。"

"这样啊……"不知为何，栗林却好像不太开心。他抓了抓脑袋，早早地改口叫了实穗一声"老师"，然后问道，"能不能增加点次数？"

"增加次数？一周两次吗？"

"我想再多一点。"

"一周三次？"

"不，我是想……那个，每天一次行不行？"

"每天？"实穗目瞪口呆，禁不住坐直身体，"您是说，每天上课？"

"对，从周一到周日每天上课，另外八点到九点时间太短，再长点好不好？比方说从六点到九点，或者从七点到十点，当然这也要看老师方便。"

"等、等、等一下，"实穗伸手示意他暂停，一边说，"我很理解您迫切的心情，可上课的次数并不是越多越好，重要的是课后自己练习的程度。"

"我肯定会充分练习。"栗林的声音充满干劲。

"这我相信。但现实的问题是如果只有一天的间隔来练习，不可能顺利学会课程，就算可以，没有切实掌握也意义不大。"

"这样啊。"栗林满脸沮丧。

"依我看，您不必太过心急，还是踏踏实实地耐心学习为好。这样说可能不太合适，可您本来也不是要成为钢琴家呀。"

栗林的眼神中莫名地透出不悦，似乎没想到实穗会说出这种话。但他还是微微点了点头，小声说："知道了。"

两人商量之后，决定每周一、周四各上一个小时的课。实穗觉得两次也多了，但栗林不肯让步。

实穗告辞出门时，正碰到一个少女跑上楼梯。她应该就是栗林上初三的女儿，圆圆的脸蛋和母亲一模一样。看到实穗，她停下脚步，有些吃惊。

"这位女士是钢琴老师。"栗林向女儿介绍，接着又转向实穗，"她是小女由香。"

"你好。"实穗冲由香笑了笑，她却只象征性地点点头，随即一溜烟钻进自己的房间。

"怎么连个招呼都不打？不好意思，老师，别看她长得这么大了，内心还是很孩子气。"栗林抱歉地说。

由香的母亲也同样没打招呼。实穗在玄关穿上鞋准备离开时，她并没有从厨房出来送客。根据厨房的流水声判断，她确实就在里面。

不知怎的，实穗对这份家教的前景有点不安。怀着这样的心情，她离开了栗林家。

到了下周一，实穗依约来栗林家授课，看到栗林摆出一副好好先生的笑脸出来迎接，却没见到他太太的影子。

开始上课前，为确认栗林的音乐基础如何，实穗问了他几个问题，结果远远超出意料——当然是超出意料的糟糕。栗林对音乐一无所知，什么都不会，连音符代表什么音也不晓得。他唯一答得上来的就是："高音谱号是那个吧？像蜗牛一样的标记。但意思我就不懂了。"

"您学过音乐吗？"实穗忍不住问，她不是讽刺，而是真心觉得不可思议。

栗林摸摸头发稀疏的脑袋，苦笑道："学自然是学过，但我认定这玩意儿和自己八竿子打不着，所以从没正经听过课。"他叹了口气，语带感慨地说，"早知如此，当时我一定会认真去学。"

"早知如此？"实穗好奇地问。

"没什么，我是说我很后悔。"他赶紧圆了一句。

了解了栗林的水平后，实穗按照计划，拿出准备的教材。这本教材叫《跟我学钢琴》，是为四岁到学龄前儿童编写的。"可能您会觉得这本教材太小儿科，但不管做任何事，打好基础都很重要。"因为这是本儿童教材，实穗怕栗林面露难色，抢先解释了一下。但她显然多虑了。

栗林听后不仅重重点头，更如此表示："你说得有道理，我也觉得这样比较好。"说完，他兴冲冲地翻开教材。

第一天只做钢琴的触键练习。触键的手指、节奏会有变化，但依然很单调乏味，栗林却丝毫没有表现出不满，一直依照实穗的指导默默舞动十指。看他的样子，好像只是触摸到钢琴就很开心了。望着他的侧脸，实穗心想，但愿他这份热情能一直保持下去。

随着上课次数的增加，实穗不得不承认自己先前的担忧纯属多余。栗林学习钢琴的积极性一点也没有减退，从他进步的速度来看，显然他平时的练习量非同小可。栗林并没有特别的才能，甚至可以说很笨拙，记性也很差，但实穗每次来上课时都发现，他已经切实掌握了之前的教学内容。

一天，实穗离开栗林家后，发觉忘了东西，重又折回。明明课程刚结束，二楼却又传出钢琴声。她抬头望去，只见窗帘上映出的人影正投入地晃动着。

每周二是实穗去桥本家上课的日子，栗林就是桥本介绍的。桥本的女儿今年上小学六年级，实穗五年前从音乐大学毕业后一直教她到现在。这女孩很有天赋，进步也神速，桥本夫妻则归功于实穗教导有方。

一天晚上，实穗正要告辞回家，桥本忽然开口问她："栗林先生那边现在怎样了？还在上课吗？"

"是啊，当然了。"这时离开始教栗林才过了两个月。"我每周去两次。"

"两次？他倒真肯下本钱。他女儿多大了？"

"呃，那个，不是他女儿。"

"不是女儿？可我听说他就一个孩子……"

"是啊，所以说，其实……"实穗蓦地想起栗林曾请她保密，"我教的是栗林先生亲戚的女儿。"

"啊，不是栗林先生的女儿？原来是这样，这就可以理解了。"桥本一副恍然大悟的表情。

"可以理解？"

"对。一开始栗林先生问我,有没有钢琴老师介绍给他,我就觉得很奇怪,他实在不像是会让孩子学钢琴的人。"

"为什么?"

"他属于那种对音乐毫无兴趣的类型。不光音乐,所有艺术他都瞧不起,平常总说就算那些玩意儿统统消失,地球还不是照样转,还说听音乐、看绘画又不能当饭吃。"

"真没想到。"桥本的话令实穗很意外。这与她了解的栗林差得太远了,听起来简直不像在说同一个人。"这么说,栗林先生没有业余爱好?"

"岂止没有爱好,他对职业棒球之类的体育运动也不感兴趣,时尚潮流也毫不关心。这话我只在这儿说,和他单独相处的时候,我都不知找什么话题才好,结果只能聊聊工作。"

"那他很热爱工作了?"

"说得好听点是这样,但就因为除了工作没有任何爱好,到头来工作上也很吃亏,被部下敬而远之也就罢了,上层也觉得这个人没意思,这就很要命。有的人明明没什么工作能力,就靠着很会打高尔夫,居然也爬到部长的高位。"

"哦。"

实穗想起栗林曾表示很后悔没有认真学音乐。莫非他也意识到没有业余爱好是一大缺陷,于是忽然想到要学钢琴？如果是这样，他在公司的言行应该会和以前完全不同。想到这里，实穗试探着问："最近栗林先生的情况怎样？还是一门心思埋头工作？"

桥本的回答却出乎她的意料。"是啊，他还是老样子。哦不，应该说比以前还要变本加厉。今天午休时他也没歇着，我想他肯定还把工作带回家去做。"

实穗心想，要是他知道栗林在家里忙什么，不知会露出怎样的精彩表情。

栗林提出想参加钢琴演奏会，是在钢琴学到第三个月的时候。话题是从桥本的女儿开始的。栗林问实穗，听说她不久就要在一年一度的钢琴演奏会上献艺，是否属实。

"说是演奏会，其实也没那么高不可攀。是我老师主办的，规模很小，只是内部观摩。"

"但毕竟也是在大家面前演奏吧？也会有观众？"

"有是有，几乎都是亲戚朋友。"

"嗯……"栗林在键盘前抱起双臂，皱着眉头，似乎在想什么心事。

"怎么了？"实穗问。

过了一会儿，栗林终于抬起头，直勾勾地盯着实穗，问道："老师，我能不能也参加那个演奏会？"

"什么？"实穗瞪大眼睛，"您说的参加，难道是指在演奏会上演出？"

"是的，我想在舞台上演奏给大家听。"栗林的眼神十分认真，丝毫没有开玩笑的意味。

"可是，那种演奏会参加的几乎都是孩子，要说大人，顶多只有两三个音乐大学的学生……"

"但也没有规定说大人不能参加吧？"

"呃，那倒也是。"

"这次的演奏会是什么时候？"

"我记得是十月九日，星期六。"

"十月九日啊。"栗林瞟了一眼墙上的挂历，今天是七月一日。他再度望向实穗，两眼兴奋得有点发红。"老师！"他响亮地叫了一声，紧接着低下头去，"求你了，让我参加十月的演奏会吧！"

栗林的态度如此迫切，实穗不禁有些畏缩。"可是，这样说虽然失礼，但栗林先生您还没有达到在演奏会上演出的水平……哦，不，如果弹《踩到猫了》说不定可以，但总不能演奏这么简单的练习曲吧？还是得弹比较说得过去的曲子才行……"

"我会加油的！我去练，拼死命地练，请务必让我参加演奏会，求你了！"栗林从椅子上起身，跪坐在地，"要是时间来不及，就弹《踩到猫了》也行，请帮我登上舞台吧！"说完，他深深鞠躬，额头直贴到榻榻米上。

实穗急了。"别这样，您快请起。"

"那你是答应了？"

实穗叹了口气，望着他稀疏的头顶。"可以告诉我理由吗？既然您都这么说了，我想一定有什么内情吧？"

栗林维持着鞠躬的姿势，沉默不语。良久，他才以平静的语气说："我是想补偿一个人。"

"补偿？"

"对。很长时间里，我一直在践踏一个人的心情，我很想补偿他。对不起，现在我只能说到这里。"

"栗林先生……"

他依然坚持低头恳求，整个人就如岩石般一动不动。看到他这个样子，实穗心中一阵悸动，但那绝非糟糕的预感。

"好吧，"她说，"我尽力而为。"

"真的吗？"栗林抬起头，两眼闪着光辉，"谢谢你！谢谢你！"他再度鞠躬。

望着他诚挚的模样，实穗不禁想起了桥本的话。她实在很难想象，眼前的栗林和桥本口中的工作狂是同一个人。

演出的曲目定为巴赫的《小步舞曲》。实穗认为这首曲子可能连栗林也有印象，而且就算成年人在舞台上弹奏，也不至于显得太怪异。问题在于时间。三个月能不能弹得上来，实在很难说。

栗林锐意苦练，认真的程度比以前更胜一筹，敲击琴键时的表情用狂热来形容也毫不夸张。受他的感染，实穗也着意强化指导力度。

一天，实穗像往常一样来到栗林家，很难得地碰到他太太来应门。自从首次登门拜访之后，实穗一直没再见到她。

"我老公公司里出了点麻烦，他刚赶过去了，今天的课程只能取消。让你白跑一趟，真对不起。"栗林太太虽这么说，表情却看不出丝毫歉意。

"是吗？这也是难免的事，那我下次再来。"

实穗道声"告辞了"，正要转身离去，栗林太太却叫住了她。"啊，等一下。"她说，"我有点事想跟你说，你现在有空吗？"

"有的。"实穗点点头，心里有种不妙的预感。

两人在一楼的和室相对而坐，栗林太太起先有些踌躇，接着下定决心般开口了。

"我听老公说，他要参加钢琴演奏会，这是真的吗？"

"是真的。"实穗答道，"有什么问题吗？"

"我就知道。"栗林太太皱起眉头，撇了撇嘴，然后望向实穗,"你可不可以帮忙劝劝他,别去参加那种演奏会?"

实穗吃惊地瞪着她:"为什么不能去呢?"

"那多不像话啊。"

"不像话?这确实需要非凡的勇气,但也不至于……"

实穗还没说完,栗林太太就开始摇头。"你一点都不了解情况。他呀,已经成了附近的笑柄,邻居都讥笑说,听到你家的钢琴声时,还以为是女儿在学琴,原来是老公啊。我去买东西,路上都被人说,你老公的爱好还挺高雅嘛。"

"我觉得这话听起来不像是挖苦啊。"

"是挖苦,绝对是挖苦。都这把年纪了还学钢琴,而且还去参加演奏会……要是给邻里知道了还不得笑掉大牙!"

"就算有人嘲笑又有什么关系?您先生有权享受自己的爱好。"

"要说爱好,他可以去下点围棋、将棋什么的啊!"栗林太太拧起眉头。

实穗叹了口气,觉得再说什么都是徒劳。"恕我不能满足太太的意愿,我会一如既往地支持栗林先生。"说完,她不再理会绷着脸的栗林太太,径自离开房间。刚拉开拉门,她忽然想起一件事,回身说道:"栗林先生把参加演奏会的事告诉您,想必是希望您和令爱能去观看吧?"

栗林太太一脸愕然,随即摇头说道:"怎么可能……"

"不会错的，一定是这样。太太，请带着令爱一起去欣赏吧。十月九日，在市民礼堂。"

"太荒唐了！"栗林太太厉声说，太阳穴也气得微微发颤，"我怎么可能去那种地方！不、不像话，丢死人了！"她不胜烦恼地扭动着身体。

实穗微微摇了摇头，说声"再见"，走出屋子。

离开栗林家后，她直接走向车站。栗林太太的态度令她甚感不快，不自觉地加快了步伐。途中有个女孩迎面而来，一看到她就停下脚步，但她走得太急，没有立刻反应过来，直到那女孩朝她点头致意，她才恍然想起，这是栗林的女儿由香。她没穿校服，应该是从补习班回来。

"你好，这么晚才放学？"实穗向她招呼道。

由香轻轻点点头，就要继续迈步向前。"等一下，"实穗叫住了她，"咱们聊几句好不好？关于你爸爸的事情。"

由香似乎有点犹豫。她看看手表，又看看回家的方向，最后终于点头答应。

附近有一家汉堡店，两人来到店里。实穗问由香，对于父亲学钢琴的事，她究竟有什么想法，希望可以坦率谈谈。

"爸爸一弹钢琴，妈妈就要发作一番，让我觉得很郁闷。"由香站在靠墙的吧台前，边吃冰激凌边说。

"那你呢？讨厌爸爸弹钢琴吗？"

"说不上讨厌，他喜欢弹就弹呗。以前他脑子里全是工作，没半分情趣，我倒觉得现在这样说不定还好些。"

"哦。"实穗松了口气，看来由香是理解她父亲的。

"不过，"由香添上一句，"有时也觉得很不对劲。"

"不对劲？"

"他好像变了个人似的。以前很爱念叨，一看到我就叫我快去学习……最近却再也不提了，反而说趁着年轻，不妨多尝试些属于年轻人专利的事情。"

"这是弹钢琴之后发生的？"

由香摇头。"我觉得他变了的时候，他还没开始弹钢琴。"

"哦，"实穗喝了口淡咖啡，"是不是心境发生了变化？"

由香两肘杵在吧台上说道："不知是不是脑子出问题了。"

"什么？"实穗吃惊地望着由香的侧脸，她刚才的语气不像开玩笑。

"前几天晚上起夜的时候，我看到爸爸对着洗手台的镜子咕咕哝哝，不知在说什么。我觉得有点发毛，没敢上厕所就回去了。"

"有这种事……"听起来确实有点诡异，但也不是不能解释，"只是在自言自语吧，用不着害怕。"

由香没有正面回答，只说："我爸爸以前做过脑部手术。"

"啊……"

223

"听说是在很小的时候，做了一次相当大的手术。然后大约半年前，爸爸又去了脑科医院。这事妈妈还蒙在鼓里，我也是看到挂号单才知道的。"

"和这个没有关系，你多虑了。"实穗说。她莫名地觉得背上发冷，自觉惭愧之余，不由自主地抬高了声音。

"希望是这样。"由香的声音却出奇冷静。

转眼夏天过去，栗林依然在拼命练习。弹出的《小步舞曲》还有生涩之感，但已经越来越周正了。

"能达到现在这个水平，全靠老师悉心指导，我真的很感谢。"一天晚上上完课后，栗林感慨地说。

"这都是栗林先生您努力的成果。老实说，我都没想到您能进步得这么快。"实穗这番话倒不是客套。

"谢谢。"栗林低头道谢，"实际上演奏会的服装已经定下来了。"

"服装？"

"是租来的。有套无尾晚礼服尺寸很合适，我就预约了。不知穿起来是否得体，但那么隆重的舞台，总得穿得正式一些。"栗林说得兴高采烈，忽然发现实穗目瞪口呆的表情，转而不安地问，"这样会不会很另类？"

实穗连忙摇手。"怎么会？一点都不另类，我想效果一定好得很。"

"是吗？还是有点难为情。"栗林抓抓脑袋。

"对了，您太太和女儿去不去看演奏会？"

栗林开朗的笑容登时转为苦笑，他摇头说道："算了。虽然很希望她们来看，不愿意的话也没法强求。再说，这毕竟是我自己的事。"

"我记得您说过，是为了补偿一个人。"

"是的，是为了补偿。"他缓慢而用力地点头，仿佛在向自己确认。

"您要补偿的那个人会来看演奏会吗？"

"你说他？会，当然会来。他要不来就没意义了。"说完，他再度点头。

十月九日这天，天空乌云密布，似乎随时都可能下雨。或许正因如此，前来欣赏演奏会的观众比往年要多。以往都只有母亲来，但这天很多家庭中的父亲也跟着来了，大概是为防万一下雨，特意叫上父亲开车过来。

桥本也是这样。以前他从没露过面，今天却难得地来到礼堂，不停地给休息室里的女儿打气。"你听好，不要紧张，只要正常发挥实力就可以了，不用想着一定要比平时弹得好。"

女儿却已习惯这种场合，听到父亲的唠叨，只漫不经心地答了句:"我知道啦。好了好了,爸爸你快回座位。"

桥本出门时,栗林刚好进去。错身而过的瞬间,桥本似乎没认出他,但踏上走廊后,桥本忽然回过头,双目圆睁。

"栗、栗林科长,您怎么会在这里?还有、还有……"他唾沫横飞地问,"这身打扮是怎么回事?"

栗林一脸尴尬。"哎呀,这有很多原因。"

"很多原因?"

"待会儿您就知道了。"旁边的实穗赶紧帮他解围,"请您回到座位,仔细看看节目单,保证能找到答案。"

"咦,节目单?我放在哪里了?"桥本摸索着西装口袋,总算离开了。

实穗转脸望向栗林鼓励道:"终于等到这一刻了,您多加油!"

"我快紧张死了,哈哈哈。总觉得会以惨败收场。"

"没问题的,您都那么刻苦练习了。"

"托你的吉言。"

正说到这里,休息室的门被敲响了,一个满头白发、戴着金框眼镜的瘦削男人探头进来,问道:"请问栗林先生在……"

"真锅教授!"栗林喊道。

"呵,你好。"来人眯起眼睛。

"失陪一下。"栗林对实穗说道，随即走出休息室。

实穗站在门边偷瞄外面，只见栗林和真锅在走廊上交谈。真锅笑容满面，栗林则频频鞠躬道谢。

不久，演奏会开始了。按照惯例，由初学钢琴的小朋友率先演出，栗林排在第四个出场。

实穗来到观众席，看到真锅坐在最边上的座位。她一面向其他家长问好，一面径直走过去。在真锅旁边坐下时，他有些诧异地转过头。实穗向他介绍自己是栗林的钢琴老师。真锅听后，表情变得柔和起来。"啊，原来是你。一定很辛苦吧？"

"恕我冒昧，不知您和栗林先生是什么关系？"实穗直截了当地问道。

真锅略一思索，反问："他对你提过我吗？"

"没有，从没提过。不过，"实穗说，"他曾经说，他有个必须补偿的人，那个人今天会来，所以我想也许就是您。"

真锅眨了好几下眼睛，答道："不，不是我。"他从口袋中掏出一张名片，上面印着"统合医科大学第九研究室教授真锅浩三"的字样。

"我主要研究脑生理学。"他说。

"脑……"实穗想起由香以前说过的事，"栗林先生患有脑部疾病吗？"

"没有没有，没那回事。他不是生病，只是和普通人有些不同。"

"不同？"

"反正他也说过，以后会把原委告诉你，那由我来说也无妨。实际上，他是分离脑患者。这样讲你可能听不懂，那么，你知道人类的脑部分左脑和右脑吧？"

"知道。"

"左脑和右脑在正常情况下是通过神经纤维束连接在一起，也就是胼胝体。"

"胼胝体……"

"栗林先生读小学时，接受了胼胝体切断手术。因为他患有某种先天性重病，而切断胼胝体疗效显著。"

"这样不要紧吗？我是说……把左脑和右脑分开？"

"类似病例有很多，大部分患者都能正常生活，他之前也过得很好，没有任何问题。"

"之前？"

"他最近偶然看到一本书，里面介绍的是针对接受胼胝体切断术者的各种实验结果，其中主要引用了学者斯佩里[1]

---

[1] 罗杰·斯佩里（Roger Wolcott Sperry，1913-1994），美国心理生物学家。他通过对胼胝体切断实验的研究提出左右脑分工理论，获得1981年诺贝尔生理学或医学奖。

的学术报告，因为斯佩里就是凭借这项研究荣获诺贝尔奖。"

实穗从没听说过这个名字，只能默默点头。

"这本书里提到的一项实验结果令栗林先生大吃一惊，那就是接受胼胝体切断术的人，左脑和右脑分别存在独立的意识。"

"什么……"实穗惊得一震，"怎么可能！"

"从实验结果来分析，这是唯一的结论。通常借由语言、文字表现出的意识，实际上只是左脑的意识，右脑自有右脑的意识。"

"太难以置信了！要是这样，怎么还能过正常的生活？"

"一般人的身体是由一个意识来掌控，但对于分离脑患者，你不妨理解成两个大脑组成团队共同完成这项工作，而且这种合作极为出色。"

"可这两种意识不会争吵吗？"

"不至于到争吵的程度，但分歧多少总是有的。以某个男性患者为例，一天他必须在早上七点起床，但时间到了他仍在呼呼大睡，这时有人拍打他的脸，他睁眼一看，竟然是自己的左手。掌管左手活动的是右脑，也就是说，左脑还在熟睡，右脑却已起来了，因怕他迟到，就向他发出警告。"

"……难以置信！"

"同样的事例发生过好几宗,于是有学者想到,可以设法单独与右脑接触。但这种接触不能使用语言,因为语言主要属于左脑的领域。为此采用的是类似联想游戏的方法,把提问的内容图像化,在左眼前停留一个极短的瞬间,对提问的回答也由左手来完成。这种方法大获成功,此前一直笼罩着神秘面纱的右脑意识终于可以了解了,虽然只是冰山一角。"

真锅的说明通俗易懂,但实穗实在不相信现实中会有这样的事,只是呆呆地望着他那说个不停的嘴巴。

"栗林先生读过这本书后,得知自己的右脑很可能具有独立的意识,为此坐立不安。不,准确来说,应该是栗林先生的左脑坐立不安。他想和这本书的作者见一面,随后就上门找我了,因为我就是作者。"

"然后呢?"

"栗林先生向我表示,他很想和自己的右脑接触,尤其想知道右脑对自己迄今为止的人生的看法。我回答目前还无法询问如此复杂的问题。他又说,那么,他想知道右脑希望从事的职业。对他这种一心扑在工作上的人来说,人生的选择想必也就等同于职业的选择。"

"这个问题有办法了解吗?"

"有。"真锅点头,"过去有过若干次先例,方法也已掌握，实施起来难度并不大。结果我知道了栗林先生的另一个自己向往的职业。"

"难道是……"实穗望向舞台。一个小学二年级男孩刚顺利弹完练习曲。

"没错。"真锅平静地说道，"正如你猜想的，栗林先生的右脑希望成为钢琴家。"

"果然……"

"得知这个答案时，栗林先生灰心丧气的样子连我看了都很同情。当时我把他的反应理解为，他发现右脑的想法与自己截然不同，因此深感失望。但事实不是那样。听说他将参加这次演奏会时，我意识到自己想错了。他是在深深责怪自己一直以来完全无视右脑的意识。"

很长时间里，我一直在践踏一个人的心情——栗林的话再度在实穗耳边回响。

那个人，无疑就是存在于栗林脑中的另一个意识。

至此，所有的谜团都解开了：为什么他会忽然开始学习钢琴，又为何如此渴望参加演奏会。

实穗心里隐隐作痛，同时更有暖流涌起。

就在这时，穿着无尾晚礼服的栗林出场了。

他明显很紧张，动作僵硬地鞠了一躬后，坐到钢琴前。离得远远的也能听到他咽唾沫的声音。

忽然出来个中年男人，台下的观众不免很困惑，有人咻咻偷笑，有人交头接耳，也有人投来好奇的目光。但这些并没有持续太久。一个成年人来到这个舞台上，究竟需要多大的勇气，认真的人都不难明白。渐渐地，观众的目光温煦起来。

透过眼角的余光，实穗发现一扇门被推开了。她朝那边望去，只见栗林的太太、女儿正面带不安地走进来。

舞台上的栗林自然不会发现，此刻的他，眼里一定只有键盘和乐谱。

一片寂静中，《小步舞曲》开始了。

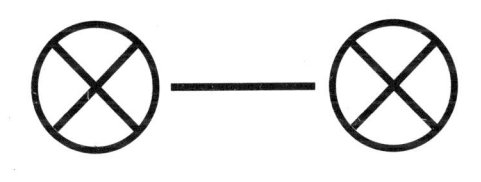

光荣的证言

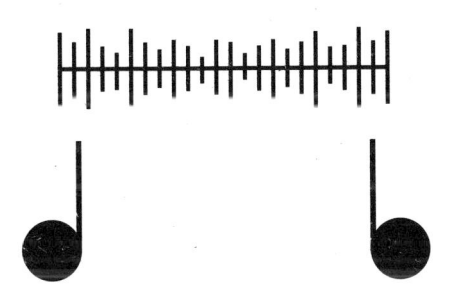

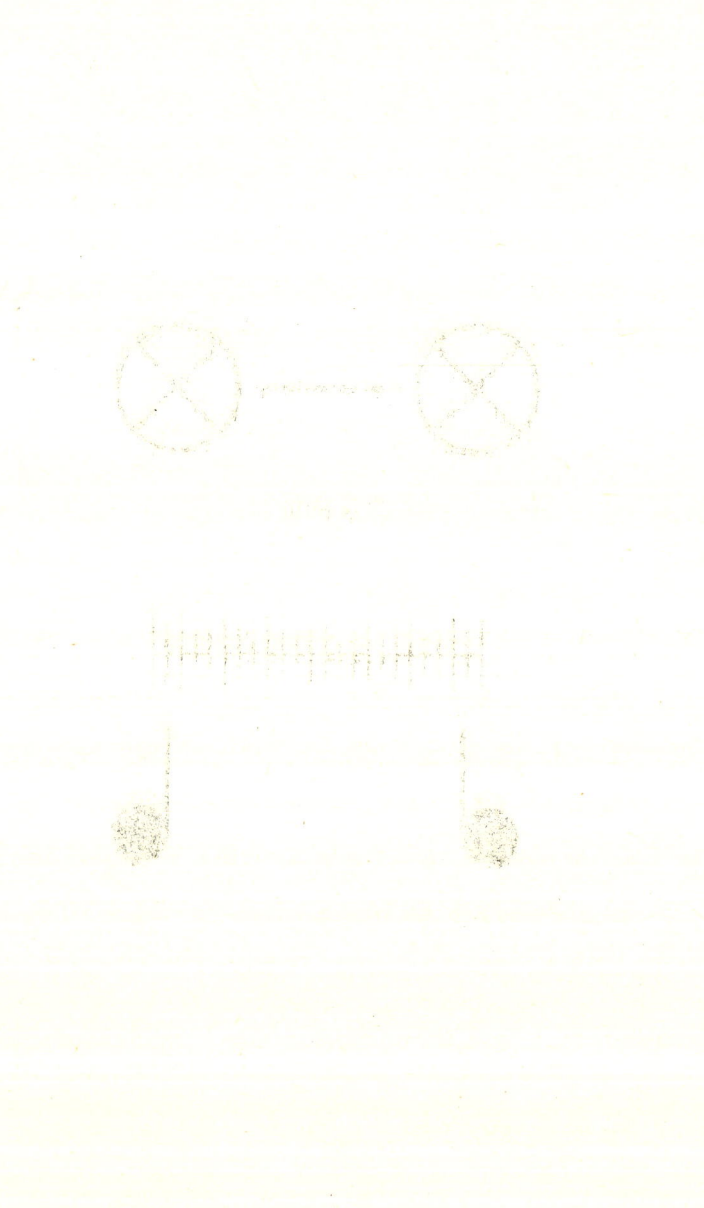

在杂煮店吃完一碟杂煮、喝了一瓶啤酒后，正木孝三踏上归途。对他来说，这就算是周末最奢侈的享受了。今天是周六，他就职的金属加工公司还没有实行双休日制度，周六不但要上班，还经常像今天这样，为了赶交货期限加班到很晚。他腕上廉价手表的指针即将指向十二点。

他手插衣袋，双眼盯着地面，弓着身子走在昏暗的路上。就算回到公寓，也没有家人在等候。他今年已四十五岁，依旧孑然一身，从未结过婚，甚至连一个给他介绍亲事的知心朋友都没有。

"你应该多出门和人打交道，不然哪能遇到合适的对象呢？你的性格太内向了。"

公司的社长前些日子也这样说过。社长心里很厌烦他,这一点他自己也有数。听说社长曾对别人抱怨,孝三这个人少言寡语,一句应酬话都不会说,性情也很阴沉。

孝三其实并不讨厌别人,只是和别人相处时,总苦于找不到话题,不知说什么好。他常想,如果有人主动和他攀谈,他也会打开话匣子,但根本没人找他聊天。

路上一个男人迎面而来,个子很高,年纪比孝三要轻,穿得也很时髦。孝三心想,这种男人一定很招女人喜欢。擦肩而过时,孝三刻意低下头,免得四目相对时一个不小心,被对方寻衅找碴就惨了。他从小就没和人吵过架。

又走了一会儿,来到公寓附近时,孝三蓦地听到旁边传来异样的响动。他停下脚步,循声望去。旁边有条小巷,声音似乎就来自那里。他将手插在工作服的裤兜里,战战兢兢地张望。两个男人正扭打在一起,一个瘦瘦的,另一个则很胖,粗重的喘息声连孝三都听得到。

他们在争吵。孝三如此判断后,急忙离开现场。他酒量很浅,一瓶啤酒下肚就有点晕晕乎乎的,这时酒意全醒了。

回到空无一人的房间,他脱掉上衣,钻进随便铺着的被子,然后打开电视,把昨天借来的色情录像带放进录像机。刚才在小巷目睹的一幕他已经渐渐忘了。

屏幕上旋即出现一个年轻女人的特写,他按下遥控器快进，直到出现激情场面才松手。

不消片刻，他便按捺不住脱下裤子，内裤也褪了下来。

次日早晨，他被嘈杂的人声吵醒了，一看时钟，才八点多。声音是从窗外传来的。他睡眼惺忪地搓着脸，从窗子俯视外面的动静。他的房间在二楼。

路上停着几辆巡逻车，四周已挤满围观的人。仔细一看，昨晚他目睹两人争吵的小巷里，警察正频频出入。

孝三套着当睡衣穿的汗衫出了门，绕到看热闹的人群后面。"请问，到底出了什么事？"他问前方一个主妇模样的中年妇女。

"小巷里有人被杀了。"主妇说完，一看孝三这身打扮，急忙抽身走开。他这件汗衫已不知有多久没洗，散发出一股怪味，难怪主妇避之唯恐不及。他平常也从没和邻居说过话。

"被杀……"孝三咽了口唾沫。那条小巷里有人被杀？该不会和昨晚看到的那一幕有关吧？

"这一带晚上挺危险的。"旁边有人说。

"是啊，路灯的管理也不到位。"

"听说那人胸口挨了一刀，多半是碰上了劫匪。如今经济不景气，这种案子也多起来了。"

"可不是嘛。"

听着看似夫妻的两人聊天，孝三伸长脖子望向小巷，但尸体已经运走了。

到了下午，公寓的房东登门来收房租。房东是个年近七十的老者，他从玄关扫视了一遍房间，不由得皱起眉头。

"你也稍微打扫一下屋子好不好？到处都是灰，还有股怪味。"他一边说，一边吸着鼻子。

"哦，对不起，我正打算今天打扫的。"

"希望你说到做到，要知道住在这里的可不止你一个。"房东板着脸说。

付过房租，孝三试探着问道："听说出了命案？"

房东点点头，脸上仍然写满不悦，继而说道："如今这世道真不安全，这一带的口碑眼看着越来越差了。"

听他的语气，似乎是担心公寓的空房会无人问津。

"被杀的不知道是谁？"

"据说是公交车道旁一家中餐馆的老板，我倒从没光顾过。"

孝三也没去过那家店。"找到凶手的线索了吗？"他问。

"不清楚。听说警察会来附近走访居民，寻找目击者，但希望应该很小。命案发生在昨天深夜，而这一带一入夜就少有人迹了。"

房东正要出门，却被孝三抓住了手。"等等！"

"干吗？"房东皱起斑白的眉毛。

"警察来找过你吗？"

"还没有。就算来了，我也提供不了任何线索，我每天早早就上床。"

"那也会来这儿吧？"

"这儿？谁知道，大概会来吧。你问这个做什么？"房东不耐烦地说。

孝三踌躇片刻，终于下定决心说道："其实我看到了。"

"看到？看到什么？"

"就是杀人现场。昨晚……"

"什么？"房东瞪大眼睛，"此话当真？"

"是啊。昨晚下班回来，约莫十二点左右，我在那条巷子里看到的。"

房东转过身来望着孝三。"那你得赶紧告诉警方。这是很重要的证言，赶快联系吧。"他的唾沫直飞到孝三脸上。

"可是，说不定其实不相干……"

"相不相干警察自己会判断。你的证言很可能就是关键线索，行了，干脆我帮你联系。"说完，房东便离开房间，下楼而去，连装有房租的钱夹都忘在屋里的鞋柜上。

三十分钟后，两名刑警赶到孝三的住处。其中一个四方脸，给人的感觉很严厉，另一个年纪很轻，眼神犀利。两人都穿着灰色西装。"请你详细谈谈昨晚目击的情形。"四方脸的刑警说，表情透着严肃。

孝三略带紧张地从头道来。"……我离开杂煮店后，一直走到小巷附近，那时应该是十二点左右。我听到小巷传出动静，往那边一看，巷子里有两个男人。"

"他们在做什么？"

"这个嘛……"正想说是在扭打，孝三又犹豫起来。要是对方紧接着询问，既然看到两人扭打，为什么不进去阻止，还真不好回答。假如当时去拉架，中餐店的老板说不定就不会遇害。"没什么特别的……好像是站在那里说话。"

"两人站在小巷里谈话，对吧？"四方脸的刑警确认道。

"是的。"

刑警认同地频频点头。孝三见状，觉得自己的证言应该没什么不自然，不由得松了口气。

"你记得两人的长相打扮吗？"

"一个胖胖的，矮个子，另一个很瘦，高挑身材。"

两名刑警同时点头，看来其中一人与被害者的体形相符。"长相呢？你有印象吗？"

"长相啊……当时只瞥了一眼，记不得了。"

年轻刑警明显流露出沮丧的表情。孝三瞧在眼里，不禁暗暗担心，想必这样的证言没多大作用。

"如果再见到那个人，你能认出来吗？"年长的刑警问道。这对孝三不啻是根救命稻草。

"嗯……应该能认出来。"

刑警点点头，仿佛对这个答案表示嘉许，年轻刑警也状似满意地记着笔记。"你还记得其他特征吗？特别是那个瘦瘦的高个子？"

"特征是指……"

"比方说着装什么的。"

"着装啊……"一定得想起点线索来，孝三焦急地想。之前的证言看来对刑警意义不大。就在这时，他脑海中的记忆忽然复苏了。"想起来了！"他一拍手，"穿的是条纹毛衣……"

"条纹？确定吗？"

"不会错。是灰红相间的条纹，对，就是这样。"孝三清楚地回想起毛衣的颜色。但那是哪一个穿的？哪一个？"是瘦的那个。"他说，"是瘦瘦的男人穿的。"

两名刑警的眼神明显和刚才不一样了。年长的递了个眼色，年轻的说声"我先告辞"，匆匆出了门。

"你还记得别的什么吗？"留下的刑警问。

"别的？嗯，别的就没多大印象了。不过，"孝三看着刑警,"我好像有点记得他的长相。"

"长什么样?"

"脸颊瘦削,眉毛很淡,留着长头发。"孝三不假思索地答道。为什么忽然记得这么清楚,他自己也不明白。

根据孝三提供的线索,警方在发现尸体的次日逮捕了山下一雄。

山下符合凶手的全部条件。他是被害者下田春吉的徒弟,但不肯正经工作,老是向春吉借钱,前后借了将近一百万。为此,最近春吉不断责骂他。

案发当晚十点左右,山下从同居女友的公寓出门,临走前只留下一句"办完事马上回来"。女友证实,他当时穿的正是白色棉质长裤和红灰相间的条纹毛衣。这件毛衣也在他住处寻获。

山下在审讯室里矢口否认罪行。他声称,当晚他的确和下田春吉见过面,但只是去归还部分借款,见面地点在一个距离案发现场约二百米的公园里。将二十万元现金交给春吉后,两人就分手了。被问到这二十万元如何筹来时,山下起初不肯回答,但可能是怕这样下去嫌疑越来越深,终于坦白说是玩麻将赌博游戏赢来的。这一点倒是有据可查,但山下的嫌疑并未因此而消除,因为下田春吉的遗物里没有发现二十万元现金。

除了毛衣的条纹，警方对"两人在小巷里站着谈话"这一证言也很重视，这说明凶手和被害者相识。

几次审讯无果后，办案人员将正木孝三传唤到警局，请他透过单面镜辨认审讯室里山下的长相。

"就是这个人。"孝三做证说。

"我那天啊，原是乐呵呵地走在半道上。在杂煮店喝了杯啤酒后，想着'啊，下周也要好好干活'，一边往公寓走。可是经过那条小巷时，听到了奇怪的说话声。要知道那种地方居然会有人在，实在很可疑，我心想到底是怎么回事呢，不经意地瞥了一眼，就看见巷子里有两个人，一个胖胖的，一个瘦瘦高高的，面对面站着。可能是因为气氛很紧张吧，我觉得有点不对劲，所以对两个人都有印象。要是当时仔细看看那瘦子就好了，因为他就是凶手。嗯，对，穿的是红灰条纹的毛衣。我那时看了还想，这人穿得可真花哨。可我做梦也没想到，后来竟然成了重要的证言。"

孝三滔滔不绝地说着，连纸杯里的咖啡都顾不得去碰。这时是工厂休息时间，听众都是打零工的大妈。

"嘿，这可是大功一件呀。"一个大妈佩服地说，其他人也一致点头。

"哎呀，功劳谈不上，只是凑巧撞见罢了。不过呢，要是我什么都想不起来，只怕现在凶手还逍遥法外。所以说，多少也算有点贡献吧。"

"不光是有贡献，还是很大的贡献。"大妈说。

"是吗？嗯，果然是这样啊。"孝三怡然自得地喝起微凉的咖啡。

这些打零工的大妈当中，也有人已经是第二次听孝三津津乐道了，但他说得兴高采烈、唾沫横飞，谁也没办法打断他的兴头。至于正式员工，即便在休息时间也不来这个休息处，因为从第一天起，他们就已经对他的目击奇遇听得不胜其烦了。

"刑警对我说……"孝三从口袋里掏出香烟，存心卖关子似的慢悠悠抽完一根，"庭审时我也要亲自去一趟。"

"咦，去法庭？"大妈们露出单纯的惊异表情，这话她们倒还是头一次听说。"这可是件大事，你这个证人果然很重要。"

"应该是吧。警方全仰仗我的证言了，有罪没罪，都凭我一句话说了算。凶手虽说是个恶棍，要是判了死刑，过后想想还怪不是滋味的。想到这一层，心情就有点沉重。"孝三装出愁眉苦脸的样子，眼里却掩不住幸福。

实际上这两三天来，他过的日子用"光荣"来形容也不为过。只要一提起关系到命案凶手被捕的证言，谁都愿闻其详，而且听后又是惊叹，又是佩服。

这是他有生以来从未有过的体验。过去谁也不注意他，都觉得他无关紧要，他本来还以为到死都不过如此了。

然而，那起命案发生后，一切都来了个一百八十度大转变。他的证言影响了很多人的命运，比方说，他只轻描淡写一句"我看到他了"，那个人就受到了处罚。

在公寓周边，孝三做证的事也很有名，因为他每次去附近店里购物时都会顺便谈起。

"其实我看到了凶手，还被警察找去做证，真麻烦啊。"

说到这里，对方大多会吓一跳，迫不及待地想听下文，他就装腔作势地大谈经过。不知是不是这一举动的效果，最近附近的主妇碰到他时，也会冲他打个招呼，有时还会问上一句："那个案子后来怎样了？"每逢这种时候，孝三就隐隐觉得自己宛如明星一般。

一遍又一遍讲述的同时，内容也在不断变化，就连本来含糊不清的地方，也在不知不觉间得到补足。事实上，这纯属添枝加叶，他自己却并没有意识到。就在浑然不觉之中，他开始产生错觉，把编造的内容当成了事实。

案发一周后，又到了周六，孝三来到惯常光顾的杂煮店，尔后想起还没与这家铺子的老板聊过目击凶手的事。

"那个凶手还没认罪吗？"他佯作不经意地开口问道。

头缠毛巾的老板一脸茫然地说道："呃，那个凶手？你在说什么啊？"

"就是那件事啊，在前面小巷发现尸体的命案。"孝三语带责怪，似乎在说，怎么这么快就忘了？那么耸动的案件，一般人一辈子也碰不到一回。

"哦，是说那个案子啊，不晓得怎么样了。我没看报纸，不太清楚。"老板答道。看他的表情，明显更关心锅的火候。

孝三很想咂嘴。才过了一周而已，为什么就这样漠不关心？这可是近在咫尺的杀人案啊。

但不光这位店主这样，从昨天开始，工厂的同事，附近的邻居，也都渐渐不再议论这起案子了。

在他们看来，既然案子与己无关，自然不可能一天到晚挂在心上，随着时间流逝慢慢淡忘也是理所当然。况且孝三的话也已经听得够腻了。

然而，孝三并没有察觉这个事实。正因没有察觉，他开始感到焦急。在他心里，已经把这起命案和他的存在价值联系到了一起，命案被淡忘的时候，也就是他被淡忘的时候，到那时，他又不得不回归之前那种平凡、无趣而又郁闷的生活了。

"那个凶手呀,"孝三往杯里倒上啤酒,喝了一口润润喉咙,"我凑巧在现场目击到了,然后把他的特征告诉了警察,这才逮捕归案的。"

"咦,这样吗?"老板看来着实吃了一惊。

"是啊。我上周不是也来过这里嘛,就在之后回公寓的路上看到的。"

"真没想到,这可是件很了不起的事。"

头一遭听到这番秘闻的老板,反应正如孝三的期待。他当下絮絮谈起这个故事,语气已经熟极而流。老板不时附和上一两句"这真叫人吃惊""太厉害了",于是他的口齿就越发伶俐。

比平常多喝了一瓶啤酒后,孝三起身离开杂煮店。晚风吹在发热的脸上,好不舒服。

他顺着和上周同样的路线回公寓,边走边想,当时压根儿就没想到,那不经意的一瞥后来竟如此重要。

忽然,他停下脚步。他想起了某个情景。

上周从杂煮店出来,还没走到那条小巷的时候,他曾和一个男人擦肩而过。此刻这记忆蓦然兜上心头。

孝三感到脑袋骤然发烫,心开始狂跳,鬓角流下一滴汗珠,冰冷得让人恶心。接着腿也颤抖起来,几乎连站都站不住了。他晃晃悠悠地迈出脚步。

"红灰条纹……红灰条纹……"他像念咒般一遍遍念着。

红灰条纹的毛衣，是那时擦肩而过的男人穿的。瘦尖的脸、稀疏的眉毛、长长的头发，也都是那个人的模样。那些根本就不是凶手的特征。在看到小巷里发生的事情之前，他刚碰到过那个人，就此把他的特征错当成了凶手的。

而且……

那个与孝三擦肩而过的男人，就是山下一雄。与山下擦肩而过后，孝三才在小巷里看到那两个扭打在一起的人。

山下不是凶手。毋宁说，孝三正足以证明他的无辜。

得赶紧去找警察，孝三想，然后把真相和盘托出。

可是，如果说出实情，别人会是什么反应？

孝三仿佛看到了警察怒发冲冠的样子。因为孝三的证言，他们才逮捕了山下，如今却又跑去做证说他是无辜的，他们不气得发疯才怪。

周围的人也肯定不再理睬自己了，孝三想。

"夸夸其谈得跟真的似的，结果居然是记错了。"

"什么嘛，原来是这样。其实我早就觉得奇怪了，那么迟钝的一个人，怎么可能记得凶手的特征？"

"被他耍了的警察肯定也很头疼。"

"最郁闷的还是错抓起来的人。竟然因为别人认错了而平白被捕，简直是无妄之灾。"

"听说这次他又证明那个人是清白的。"

"那种话也能信？太蠢了。"

孝三仿佛听到了众人的唾骂声。轻蔑过后，等待他的一定是比以前还要冰冷、还要黑暗的无视。

不能说出真相，孝三想，只能坚持原来的证言。我确实看到凶手穿着红灰条纹的毛衣，但是不是山下就不知道了。虽然我说过他很像凶手，但并没有百分百肯定。也可能是认错人了。就算搞错了，那也是警察的责任，怪不得我。如果山下不是凶手，只是刚好那晚穿着红灰条纹的毛衣，那就纯属巧合。凶手也穿了，他也穿了，就是这么回事。

拖着沉重的脚步走向公寓时，孝三坚定了今后的应对方针：决不向任何人透露自己记错对象的事，决不推翻先前的证言。

不久，他走到那条小巷前，像那晚一样往里张望。巷子里比他想象中的还要幽暗。

他蓦地想起一件事，不由得屏住呼吸。

这地方如此幽暗，根本就不可能分辨出人的衣着长相。他同时还想起，上周在这里看到那两人的身影时，也是暗得看不出一点细节。

妈的，为什么暗成这个鬼样？他环顾四周，发现答案就在斜上方。电线杆上路灯的荧光管早已老旧，光线微弱，闪烁不定。

孝三只觉胃里像被塞进了重物一样,两颊也抽搐不已。他急急向公寓走去,一进房间就无力地跌坐在没叠的被子上。他脑中一片混乱,拼命地思索着。

警察知不知道路灯的事?他们好像没在夜间勘查过现场,应该还不知道。可说不定哪一天就会知道。审判的时候,辩方也很可能提出反驳,强调在那样昏暗的地方,不可能看清毛衣的花纹。

孝三透过窗子俯视案发现场,那里路灯依然昏暗。

他颤巍巍地站起身,环视室内,最后目光停在流理台上方安装的荧光灯上。这支灯管和路灯用的规格相同。

与此同时,警方这边事态也急转直下,人人困惑不已。

"到底怎么回事?那家伙才是真凶?"负责侦办这起命案的警部朝着部下怒吼。

"是的,看来是这样。他对现场情况的供述与事实一致,从他交代的抛弃凶器的地点也找到了带血的刀,他还持有被害人的钱包。"部下答道。

"钱包里还装着钱?"

"对。有现金十万出头,其他的据说是花掉了。"

"伤脑筋。"警部一脸扫兴。

让他们陷入尴尬的，是今天其他警局逮捕的一个抢劫犯的口供。此人供认，下田春吉也是他杀的。他说自己和下田素不相识，只是正想找个有钱人打劫一把时，刚巧就碰到了他。

"那家伙作案时穿的什么衣服？"

"听说是茶色夹克。"

"那和目击证人的说法对不上啊。"

"是的，那个目击者还说，两人站在小巷里说话，这也和凶手的供述相矛盾。"

"伤脑筋。"警部又嘀咕了一次，嘎巴嘎巴活动着脖子，"普通老百姓的证言真真假假，就因为这样才难办。"

"他们的话多少有点靠不住。我对您报告过路灯的事吧？"

"是说荧光管旧得很？"

"是的。光线那么暗，不太可能看清巷子里的人穿什么衣服。那个声称看到了的人，只怕多半是看错了。"

等到十二点一过，孝三悄悄出了房间，手里握着从流理台上方卸下的荧光管。

来到安有路灯的电线杆下，他把荧光管插进腰带，确认周围一个人都没有后，猛地跃上电线杆，然后手足用力，拼命往上爬。

今晚一定要换掉灯管。

这样警察或许就不会察觉了。

不想被任何人觉得,自己的证言是信口开河。

他平常难得运动,加上挺着个啤酒肚,要爬上电线杆实在是难如登天。他喘着粗气,流着口水,拼命向上攀爬,汗水直渗进眼睛。

终于爬到了伸手可以够到路灯的高度,他竭力伸直左臂,卸下旧灯管叼在嘴里,接着拔出插在腰带里的荧光管。

他再度伸出左臂,正要把灯管装到路灯上时——

右手倏地一滑。

往下直坠的时候,种种思绪掠过心头。其中包括,不如就这样死了算了。

但他并没有死,只是昏了过去,直到被附近派出所的警察发现。

本格推理周边鉴定秀

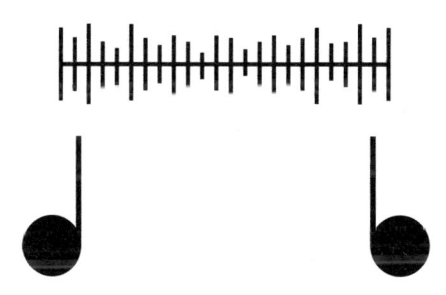

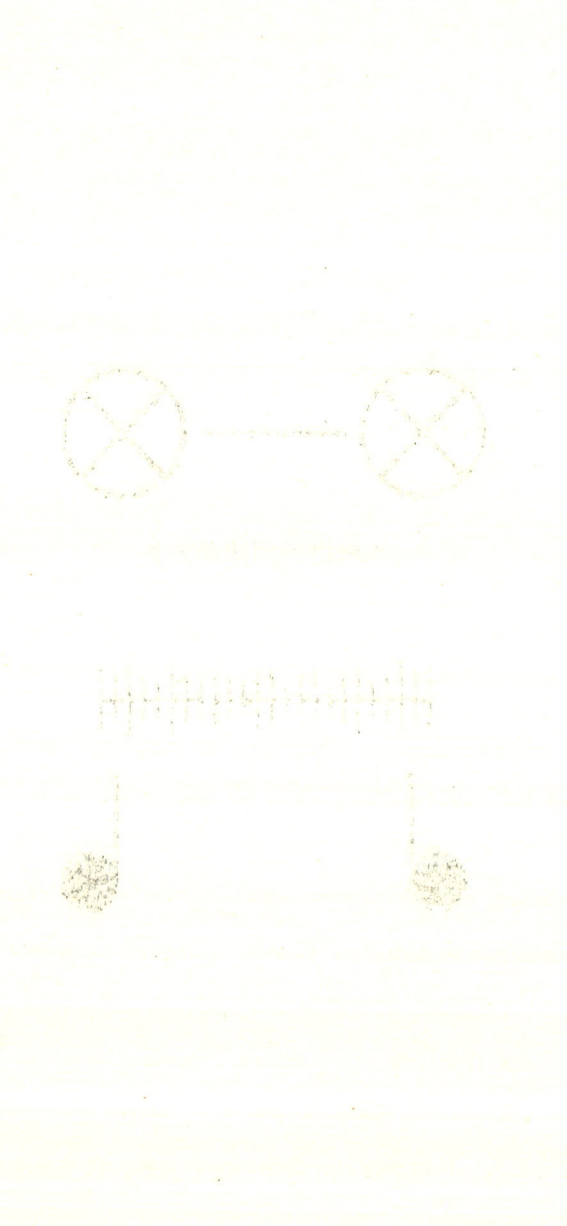

1

诊察结束后,医生摘下听诊器,收进皮包。他没有动于打针。

"大夫,我的病已经不可救药了吧?"山田铁吉躺在和室的被褥上,开口问医生。他已经瘦成一把骨头,满是皱纹的喉咙微微抽动。

"没那回事。只要好好调养,肯定会好起来的。"医生避开他的目光回答。

"都没有什么像样的治疗手段了,哪里还会好起来啊。不过大夫,我很感谢你,全靠你悉心关照,我才能活到这把年纪。我已经了无遗憾。"

"怎么说起这话。"

"大夫,请你老实告诉我吧,我还能活几个月?"

"这种胡思乱想的问题,恕我无法回答。"

"别这么说,告诉我吧。我还有几个月?莫非,已经不到一个月了?"

"你的日子还长着呢,请不要担心。"

医生站起身,向山田铁吉的儿子、儿媳点头作别。儿媳育子慌忙起身相送,儿子史朗也要跟着站起,就在这时——

"史朗,"铁吉唤住他,"你留下来。"

"好的。"

史朗向妻子使个眼色,育子便独自把医生送到玄关。

"史朗,你坐到这里。"铁吉声音嘶哑地说。

史朗膝行而前,坐在铁吉枕边,低头望着比自己整整大四十岁的老父亲。

"有什么事吗?"

"史朗,我的日子不多了。"

"怎么说这种话,一点都不像您。"

"不是我软弱,自己的身体自己最清楚,况且我也不怕死。只是趁我还有口气在,有件事要交代你。"

"什么事啊，说得这么郑重。"

"爸爸没给你留什么值钱的东西，要说的话，只有这栋房子了，但这种乡下房子，也卖不上好价钱。"

"快别这么说。"

"你先听我说完。别看我没本事，也有一样宝贝要传给你。这样宝贝我秘藏了几十年，只有我一个人知道。"

"说得也太夸张了吧。"史朗笑了笑。

老父亲却不像是在开玩笑。咳了几声后，他说："你去打开佛坛旁的壁橱，最右边应该有个细长的箱子。"

佛坛就设在这个房间，史朗依言到旁边的壁橱里一找，果然有个约一米长的木箱。

"把箱子打开。"

史朗打开箱盖，里面并排放着两根长约一米、直径约有数厘米的木棍，看起来脏兮兮的。

"这木棍是做什么的？"史朗问。

铁吉呵呵一笑，脸上的皱纹挤成一团。"这就是我要传给你的宝贝。以后万一有事急需用钱，你就把它卖掉。"

"卖掉？可这种东西，再怎么看也不像值钱的古董啊。"

"它不是古董，但和古董倒也有点像。在不感兴趣的人眼里，它不值分文，但对感兴趣的人来说，它可是价值连城。"

"谁会对一根木棍感兴趣？"

"这就是我现在要告诉你的秘密,你绝对不能透露给无关的人。"

铁吉开始娓娓道来。起初史朗并不是太关心,只是适当附和几句,但听着听着就被深深吸引。个中的故事实在非同小可,为什么父亲如此看重这两根木棍,他终于明白了。

两个月后,铁吉离开了人世。

2

"观众朋友,大家好,欢迎收看《本格推理周边鉴定秀》。古今中外发生过种种不可思议、充满戏剧性的本格推理案件,而与这些案件有着千丝万缕联系的物品,都将在这里接受我们专业鉴定师的鉴定。我是主持人黑田研二。"

"我是助理主持白山亚里沙。"

黑田研二是位搞笑明星,白山亚里沙则是模特出身,两位主持人说过开场白后,节目便拉开了帷幕。接下来开始介绍台上排列坐着的各位鉴定师,今天节目的特邀鉴定师是壁神辰哉,天下一相关案件的专家。观众看到这里,也就心知肚明,今天会有与天下一相关的物品出场。

"现在欢迎我们的第一位委托人登场!有请。"

伴随着助理主持有点含混不清的声音，后方的大幕拉开，舞台涌起烟雾，一位来宾走了出来。是个瘦瘦小小的中年男子，身穿灰色西装。

"敝人来自饭能市，名叫本、本、本、本山元雄。"男子自我介绍一番。他好像很紧张，声音禁不住有些颤抖。

"你好，本山先生，别紧张，放轻松。请问你今天带来了什么收藏？"主持人问。

"噢，呃，就是这个。"

本山将手上的镜框举到胸前。他拿颠倒了，助理主持慌忙纠正过来。

镜框里嵌着一张面值一万元的钞票。

"啊呀，原来是张万元大钞。这张钞票有什么奥妙吗？如果是印刷错误、编号特殊之类，也许确实很有价值，但还是移步其他节目更为合适。"主持人说罢，露出职业性的笑容。

"不不，不是那样的。这张钞票啊，它是，它是在那起小竹料亭①杀人事件中使用过的。"

"小竹料亭杀人事件?！"主持人假装大吃一惊，转头望向助理主持，"那是怎么回事？"

---

①料亭为高级日本料理餐厅，以传统日式建筑为主，价格昂贵，主要客户为政治家、大企业经营者、财团法人等。

"让我们来看看影像资料。"曾是模特的助理主持嫣然道。

旁白声响起,演播室开始播放事件的回顾录像。

"事件发生在位于东京下北站的小竹料亭。这一天,某建筑公司的社长邀请议员朋友在此见面。社长像往常一样,提前十分钟来到料亭,在最里面的单间等候,而他的年轻男秘书也一如往常,在其他房间待命。议员比约定时间晚十分钟到达,料亭的妈妈桑将他领到里边的单间,两人却看到了一幕惨不忍睹的景象。社长的头部血流如注,业已断气,身边还散落着不计其数的万元钞票。这些钱应该是预备当天送给议员的。凑巧的是,富豪警部高屋敷秀麻吕当时正在别的房间宴客,得知事件发生,立即将料亭内的人都控制起来,禁止外出,尔后亲自着手调查,结果发现了一个重要的事实。社长在单间里一个人待了约二十分钟,而这段时间没有人离开料亭。换句话说,凶手仍留在店内。不久,高屋敷警部的下属赶来支援,警部认为当务之急就是找到凶器,便命令他们全面搜索料亭,并对当时店内所有人搜身。然而,不可思议的是凶器遍寻不获。重点怀疑对象自然是厨房的刀具,但那里人多眼杂,根本不可能被凶手偷去当凶器使用。凶器究竟消失在了何方?凶手又是何许人?"

影像突然停止，电视画面又转回到演播室里的主持人。"哎呀，真是起骇人听闻的事件。这也是我们常说的高屋敷秀麻吕警部系列案件之一——消失的凶器疑案。那么真相是怎样的呢？"

"我们继续来看录像。"助理主持笑容可掬地说。

"仔细查验尸体后，发现凶手是分两步杀害了社长。先用相当坚硬的物体猛击他后脑，致其昏迷，然后用刀具割断颈动脉。由此看来，凶器应该有两样。既然找不到刀具，就势必得找出殴打被害人头部的钝器。办案人员无不面露焦急之色，就在这时，高屋敷秀麻吕忽然竖起食指，说出一贯的台词：'神探杜宾[①]与我同在，即刻破解一切谜团！'紧接着他如此说道：'其实我们从一开始就看到了凶器，它一直就在我们眼皮底下。只是因为它巧妙地改变了形态——更确切地说，是恢复了本来的面貌，才使得我们视而不见。睁开眼睛好好看看吧，这就是我们要找的两样凶器。'说着，他指了指尸体旁狼藉一地的万元钞票。'牢牢捆扎在一起的钞票就与钝器无异，而一张边缘锋利的崭新钞票则是现成的刀具。使用过后，只消往尸体旁一丢就万事大吉，就算钞票上沾到了血也不会有人起疑。既然如此，凶手就可以

[①]奥古斯特·杜宾（C. Auguste Dupin）是美国作家爱伦·坡笔下的名侦探，也是推理小说史上的第一位侦探。

锁定了。他就是和被害者一同将成捆钞票搬到这里的人，也就是你！'高屋敷指向社长秘书。秘书低下了头，当场跪倒在地。这就是著名的小竹料亭杀人事件。"

影像资料播放完毕后，切换回两位主持人鼓掌的画面。演播室里的观众也都堆出做作的笑容一同鼓掌。

"原来是这样一个诡计。提到崭新钞票，我们的确常用'锋利得足以划伤手'来形容，只是谁也不会留意到这个细节。这么说来，这张万元大钞就是当时散落在尸体旁的钞票喽？"主持人指着本山元雄所持镜框中的钞票问。

"是的，它就是当时作为凶器使用的钞票之一。"本山依然表情僵硬地回答。

"那如何会落到本山先生手里？"

"案发现场的钞票当时全部作为物证加以保管，但审判结束后就会向银行兑换新钞。我表哥刚好在那家银行工作，就帮我留下了一张。"

"原来如此。请问你是否有证据证明，这确实就是案发现场的钞票？"

"我想只要看看钞票的编号就知道了。"

"哦？那就请鉴定师为我们鉴定！"

助理主持将嵌在镜框里的万元大钞送到鉴定师处，几位鉴定师围着这张钞票商讨起来。但实际上，凡是高屋敷警部系列案件的鉴定，一向都由固定嘉宾绫小路道彦拍板定夺，其他鉴定师只是洗耳恭听他的高见罢了。

不久，讨论结束，鉴定师各回各位。主持人见状开口道：

"看来结果已经出来了。这张在小竹料亭杀人事件中作为凶器使用的万元钞票究竟价值多少呢？"

鉴定师上方的电子显示屏亮出数字——九千五百元。

"啊，才九千五百元。这个价格还真让人意外。"

主持人说话时，镜头给了委托人一个特写。本山元雄眉头紧皱，困惑地眨着眼睛，眼神很可怜。

"这是什么缘故？"主持人望着鉴定师问。

"噢，是这样的。"绫小路道彦闻言回应。他身穿双排扣西装，系着领结，留着一撮招牌式的小胡子。"从编号来看，可以断定为真品，的确是小竹料亭杀人事件中的万元钞票。"

"既然这样，怎会只值九千五百元？"

"这是因为，首先，这起事件中散落在尸体四周的万元钞票共有五千张，这五千张并非张张都身价相同，而是依凶手的使用方式大有差别。价格最高的是用来割断颈动脉的那张，现在约值一百万元，应该是在大阪的推理古董商手中。那张钞票下方三分之一都沾满鲜血，而且附有曾作为庭审证据的证明书。除此之外，其他钞票也因情况不同而价值各异，高价的条件是必须染有被害者的血迹，但也并非多多益善，而要沾染得有美感才受欢迎。很可惜，本山先生拥有的这张钞票完全没有血迹，类似这样的钞票足有三千五百张之多。染有血迹的钞票每一张都是独一无二的，价值也就相应而生，但如果没有血迹，就只是张普通的万元大钞，收藏家不会感兴趣。大致来说就是这样。"

"可是很奇怪啊，就算只是张万元大钞，那至少也应该值一万元吧？为什么你认为只值九千五百元呢？"或许是看到委托人塌着肩膀的沮丧模样于心不忍，主持人出言反驳。

"你说得没错，用它来购物，的确可以当一万元来用，但考虑到这是小竹料亭杀人事件中的凶器，谁会愿意接受呢？收藏家不会购买，一般人也觉得毛骨悚然而不愿接受，最后只能去银行兑换新钞。但去一趟银行也要支出交通费等开销，所以实际拿到手的就不足一万元了。"绫小路泛起一丝嘲讽的笑意。

"这样啊。本山先生，你也都听到了，事情就是这样。"主持人向委托人歉然道。

"我明白了。那我干脆回去时拿它买车票算了。"本山有气无力地回答。

"这倒也是个办法，但最好在自动售票机上买，要是在窗口买票，说不定售票员会看穿这是张不祥的钞票而拒绝接受。"

主持人的话惹得观众哄堂大笑。在笑声中，本山元雄垂头丧气地黯然退场。

"哎呀，太遗憾了。"主持人向助理主持感叹。

"是啊，本来还挺有自信的样了。"

"但是，正因为这种戏剧性的结果，我们的节目才会充满乐趣。接下来，让我们拭目以待下一位来宾带来的收藏。有请第二位委托人！"主持人转眼间又恢复了精神，声音洪亮地宣布。

第二位委托人是名女子，带来了一支手枪，据说是名侦探波洛在《尼罗河上的惨案》中用过的。她还没说完，演播室里的观众已经哑然失笑。这个节目里常有来宾声称拥有波洛或福尔摩斯的物品，但从来就没一样是真的。若果然有这等真品现身，绝对会是惊人的发现。

"不知道这件收藏是真是假呢？我们遇到的波洛的物品几乎全是赝品。"听主持人的语气，显然他也不相信。

鉴定结果也果不出众人意料。精于此道的鉴定师得出结论："应该只是某个舞台小道具。"评估的价格为零。在这个节目里，赝品分文不值，更确切地说，压根不会为其评定价格。

就这样，鉴定师对委托人带来的收藏逐一进行鉴定，四人过后，还没有出现高价的藏品。

"现在到了今天最后一次鉴定，委托人是这位先生。"

"我是来自冈山县的山田史朗。"

伴随着照例涌起的舞台烟雾，一名三十上下的男子从容登场，他的手里拿着一根木棍。

3

"山田先生的宝贝收藏是什么呢？该不会就是这根木棍吧？"主持人明知故问。

"对，就是这根木棍。"

"什么，这根肮脏的木棍？它到底有什么来头？"

"这根木棍与壁神家杀人事件有密切关系。"

"你说的莫非就是名侦探天下一大五郎侦破的那起著名事件？"

"正是。"

"哦哦！"场内欢声四起。天下一相关藏品是这个节目的固定好戏。

"请问你是如何得到的？"

"说起来也没什么稀奇。那起事件发生在奈落村，先父正是当地村民，因缘巧合就到了手里。"

"哦。倘若是真品，那倒真是件非同寻常的遗物，毕竟壁神家杀人事件几乎可说尽人皆知。"

"只怕还是有观众朋友不太了解吧？那就请看影像资料。"

助理主持唾沫横飞地介绍一番后，开始播放回顾录像。

"壁神家杀人事件是一起令天下一侦探一举成名的事件，在各方面都具有重要意义。其中尤其值得大书特书的是，这是到目前为止，天下一遇到的唯一一起密室杀人事件。事件发生于某个雪天，奈落村郊的农家里，一个名叫作藏的人遭到杀害。发现尸体时，房屋附近除了发现者，别无他人足迹，而且房子从里面上了锁。发现者破门而入，只见门里还支有顶门棍，这根棍子就落在门旁。换句话说，案发现场是由雪和门扉构成的双重密室。天下一大五郎当时正好来奈落村参加朋友的婚礼，他向这起棘手的事件发起挑战，最后查明作案时间是在下雪之前，进而识破了凶手的密室诡计。凶手是利用雪后房屋因积雪重量而变形，房门一时打不开这个事实，制造出密室的效果，实际上门后并没有顶门棍，看似顶门棍的木棍只是单纯扔在那里而已。凶手是村里一个古老家族的女主人壁神小筱子，她为了隐瞒自己见不得人的过去而下手杀人。"

回顾录像到此结束。

"不管重温多少遍,都觉得这个案子的确很惊人。那么山田先生,这样看来,你今天带来的这根木棍,莫非就是……"

主持人说完,山田史朗重重点头。

"没错,这就是那根用来制造密室诡计的木棍。发现者破门而入时,它就倒在门旁,因此所有人都认为当时门后支有顶门棍。"

"原来如此。但名侦探天下一看穿了这个障眼法,该说他是名不虚传呢还是怎样,总之果然才智过人。如果这根木棍是真品,那就身价百倍了,毕竟天下一相关物品难得有真品出现,况且还与壁神家杀人事件有关,想必评估的价格相当可观。好了,请鉴定师为我们鉴定!"

主持人的话里透着些许兴奋,一位鉴定师应声站起,缓步来到台前。他五十来岁,服装做工考究,人也风度翩翩。

"为了鉴定天下一相关物品,我们特意请来了这方面的首席专家——壁神辰哉先生。听到他的姓氏,电视机前的各位观众不难明白,他正是来自刚才影像资料里介绍的壁神家族,同时也是天下一侦探的朋友。"

壁神辰哉微微点头。"不错。刚才的影像里介绍过,天下一来奈落村参加朋友的婚礼,实际上就是我的婚礼。"

"哦，是吗？"

"凶手壁神小枝子就是家母。"

"啊！"观众席上感叹声四起。这个节目时常有凶手的亲属登场，其实，有能力做出精准鉴定的人，与凶手存在某种渊源也是很自然的。

壁神辰哉皱起眉头，反复端详木棍，最后却只点点头，说声"好了"就回到座位。

"看来壁神先生已经有了答案。那就请给出评估的价格，这根在壁神家杀人事件的密室诡计中用到的木棍，究竟价值几何？"

主持人的声音有些激动，紧接着电子显示屏上打出数字：〇。"啊？"演播室里顿时响起失望的叹息。

"难道是赝品？是吗，壁神先生？"主持人一脸不解地望着鉴定师席。

"很遗憾，这确实是赝品。"壁神辰哉说，"整体给人的感觉非常相似，年代上也吻合，用的也是一种奈落村常见的木材。"

"但并不是真品？"

"不得不说的确如此。"

"什么地方有破绽？"

"木棍上没有刻名字。那个时代的村庄，顶门棍是样很重要的家什，为防止被人偷走，或者和别人家的弄混，一般人都会在上面刻上名字，这根木棍上却找不到。"

"可是，说不定被害者家里的顶门棍就是没刻名字。"主持人不死心，继续坚持。

"不，的确刻了名字。被害者名叫作藏，因此标记是在圆圈里刻一个'作'字，这根木棍的两端却没有标记，显然很可疑。"壁神辰哉自信地说道。

"噢，是这样啊。"主持人看来还有点不太甘心，侧头沉吟片刻，又问委托人山田史朗，"对于壁神先生的结论，你有什么感想？"

山田史朗却没有主持人那么沮丧，略一思索后说道："我可以问一个问题吗？"

"当然可以，请讲。"

"如果这根木棍是真品，估价会是多少？"

"关于这一点，壁神先生，你的意见呢？"主持人问壁神辰哉。

"这个问题很难回答。对天下一侦探来说，壁神家杀人事件值得纪念，我想其周边物品的价值应该较其他事件为高。特别是这个在密室诡计中用到的小道具，如果拍卖，相信可以拍出一千万的价格。"

"一千万！真是个天文数字，实在太可惜了。"主持人摇着头,"但真品本来就是可遇不可求的。山田先生,这次只能说抱歉了,如果还有什么有趣的收藏,请再来我们这里。"

"好的。我回去好好做做功课,以后一定还会再来。"山田史朗鞠了一躬,迈着沉稳的脚步走下台。

4

看到壁神辰哉一个人从电视台出来,史朗立刻冲到他跟前。壁神见状微感吃惊。

"你有什么事?"

"壁神先生,我还有一样东西想请你过目。"

"什么东西?"

"一根木棍。"史朗说,"就是顶门棍。家父留给我两根木棍,刚才节目上展示的只是其中一根。"

"荒唐!那顶门棍难道还会有好几根?"

"所以其中有一根是赝品。既然刚才那根是假,另一根应该就是真的了。请你务必帮忙鉴定一下。"

"既然这样,你再次报名参加节目不就得了?"壁神辰哉说完迈步要走,却被史朗抓住了手腕。壁神瞪了他一眼,

"不要纠缠不休!"

"如果我再次上节目,伤脑筋的就是你了。"

壁神闻言瞪大眼睛。"少胡说八道!我有什么好伤脑筋的?"

"其中缘由我会详细向你说明,我这样做完全是为你着想。"

壁神似要反唇相讥,眼里却倏地浮现不安。"我没有多少时间。"

"马上就好,木棍就放在那边的车里。"史朗指着一辆停在一旁的国产汽车说。

史朗请壁神辰哉坐上副驾驶席后,自己坐到驾驶席上。他并没发动车子,而是从放在后座的箱子里又拿出一根木棍。"就是这根。"

壁神勉为其难地接过木棍,但才一到手,他眼里就透出异样的光芒,呼吸也急促起来。这些都被一旁的史朗看在眼里。

"喂,这个是……"

"是真品吧?"

"没错,上面也有作藏的标记。这是从哪儿找到的?"

"家父就是作藏的邻居,发现尸体的也是他,所以各种证据都有机会拿到。"

"真令人吃惊。那你刚才上节目时为什么不拿出这根？"

"你觉得奇怪？"

"是。"

"实际上，警方当作证据保管的，是你先前看到并鉴定为赝品的那根木棍。"

"什么？怎么可能！"

"我只是实话实说。让我来告诉你为什么会出现这种事吧，其实木棍中途被调包了。"

"调包？"

"我先说结论好了。壁神家杀人事件的凶手并不是令堂，真凶另有其人。"

"什……"壁神辰哉话刚出口就顿住了，隔了好一会儿才好不容易出声，"你、你瞎说什么！"

"真相是这样的：为了伪装成门后支有顶门棍的密室，凶手事先将一根木棍放在门旁，就是你现在拿的这根。但这根木棍有个严重的问题，就是它已经被虫蛀得很厉害，几乎就快折断。而令堂知道这一点，心里焦急万分。她明白凶手是谁，也看穿了密室诡计，她心焦的是，这根虫蛀的木棍根本充不了顶门棍，而这个要命的漏洞说不定会被警察或大卜一侦探发现。于是，她趁谁都没有留神的时候，悄悄用根新木棍调了包。警察从现场提取并当作证据的其实是调包后的木棍。不仅如此，小枝子女士之后也一直包庇真凶，最后甚至不惜自己顶罪。"

壁神辰哉听着听着，脸色变得惨白如纸，额上也流下黏汗。

"你、你、你、你到底有什么证据？"

"原本没有，但刚才我已经掌握了证据。"史朗从后座拿起另外一根木棍，"你断定这根木棍是赝品，真品应该刻有标记。实情的确如此，你现在手上拿的才是真品，也就是真正的凶手用的那根。但你为什么知道这一点？原因只有一个：你就是凶手。"

狭窄的车厢里充满压抑沉重的气氛，史朗听到类似振动的声音，凝神细听，原来是壁神辰哉在低吟。

"你要通报警方吗？现在还没过时效。"

"这我知道。家父把这两根木棍交给我时，曾经留下话说，如果遇到麻烦，就拿它来换钱。他还说百分百稳赚一笔。"

"原来如此。"壁神辰哉叹了口气，"那你要开什么价？"

"刚才在节目里，你不是已经说过了吗？"

壁神辰哉沉吟片刻，终于放松嘴角，露出笑容。"既然自己亲口说了，那也只能照价买下了。"

"谢谢你肯出个好价钱。"

两人在车里握手。

绑架电话网

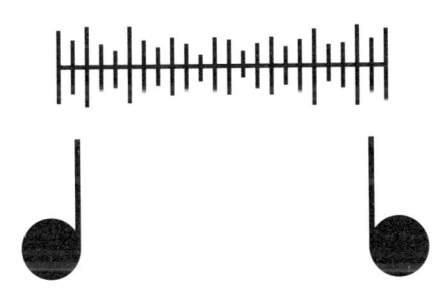

我用迷你电热锅烫着豆腐，边喝啤酒边看电视上的搞笑节目，就在这时，电话忽然不祥地响起。明知电话铃声绝无感情色彩，但那一瞬间我就是有种大难临头的感觉。

"喂，"我冲着无绳电话说，"我是川岛。"

"喂，"开口的是个男人，"原来您姓川岛？"

这人说话简直莫名其妙，主动打电话给我，却连我姓甚名谁都不知道？

"是的，我是川岛。"我再度回应，"您是哪位？"

话刚说完，电话里传来一阵令人不舒服的笑声。"不好意思，我不方便报上姓名。"那人说起话来黏腻含糊，透着做作的味道。

不祥的预感应验了。住在都市里，难免会接到个把变态打来的电话。

"到底什么事？要是骚扰电话我就挂了，我可没闲工夫奉陪。"

"哎呀，别这么急着挂嘛，反正电话费是我付。我有事情和您商量，请您务必一听。"

"什么事？"

"老实说……"男人刻意停顿了一下，然后才说，"我在代为照看一个小孩。"

"小孩？"

"很可爱的小孩，看他这么乖巧可人，想必做父母的也都引以为豪。我就是在照看这样一个小孩。如果说得偏激点，可以算是诱拐监禁，也就是俗称的绑架。"

"等等！"

"不必担心，眼下我还没难为他，照顾得细心周到。但手脚绑起来了，这一点请你包涵，万一他跑掉了，我也不好办。噢，还有，嘴也堵上了，免得叫出声音给我惹祸。"

"我说叫你等一下！"我大喝一声，"你到底在说什么？"

"我在说绑架的事，"男人答道，"我绑了一个小孩。"

我哼哼冷笑。"要玩绑架游戏，也得先做好功课。对不起，我根本就没有小孩。婚都还没结，哪里来的孩子？你还是打给别家吧。"

说完，我就要挂电话，那人却抢先开了口。"这跟你不相干。"

我再次把耳朵凑近电话。"你说什么？"

"我说，这跟你不相干，川岛先生。你有没有孩子，结没结婚，对我来说都无所谓。"

"那你为什么还要打电话给我？"

"我这就解释给你听，你莫急，莫急。"他的语气依然缠夹不清，我不禁心生烦躁。

那人说道："实际上我现在急需钱用，无论如何都得尽快筹到三千万。但这么大一笔钱，上天入地也没处觅去，也没有人可以告借，于是我想到了绑架。"

"哦？你居然向我剖白心迹，到底演的是哪一出？"

"我还没说完呢。打定主意后，我就绑了个小孩。按照诵常的发展，下一步就该索要赎金了吧？"

"是啊。"

我摸不清他究竟想说什么，只能怀着不安的心情姑且附和。

"可是，你不觉得很卑劣吗？"

"你指什么？"

"就是这种利用父母爱子心切，勒索巨额赎金的做法啊，实在是人所不齿。"

"这种事不劳你说我也知道。"话刚说完,我恍然点头,"哦,你意识到这一点,决定中途收手,是不是?"

"不不不,没那回事,那样不就拿不到钱了?我绝对不会半途而废。"

我一阵头晕。这世上还真是什么样的怪人都有,我不禁想道。"可你不是觉得这种做法很卑劣吗?"

"我说的是向孩子的父母索要赎金。"说罢,那人阴森森地笑了。

我有种不妙的预感。"你这是什么意思?"

"向孩子的父母勒索赎金,良心上总觉得过意不去,所以我就想,不如找别人买单。然后,川岛先生,我决定请你来付。"

"啊?"我目瞪口呆,"为什么找上我?"

"这个嘛,用一句话来说,就是缘分。"

"缘分?"

"刚才我只是随便拨了个电话号码,结果就打到了你这里。我不知道全日本究竟有多少人拥有电话,但你绝对是万里挑一中选的。这只能说真是缘分了,我很珍惜这样的缘分。"

"少开玩笑!这算什么缘分!"

我挂了电话,把杯中的啤酒一饮而尽。

这大概是骚扰电话。怎么可能真有这种事。

我从锅里捞起豆腐,再往杯里倒上啤酒,想赶快换换心情。刚把酒杯送到嘴边,电话又响了。

"喂?"我没好气地说。

"你也太性急了点。"又是那个人,"像你这么没耐性,在社会上是混不开的。"

"用不着你管,我挂了!"

"要挂随你,可你会后悔的。"

"什么意思?"我忍不住问道。那人的声音与之前不同,多了几分阴狠的意味。

"很简单,你这等于是逼我说出绑匪的口头禅——如果不交赎金,孩子性命难保。"

"这不关我的事。"

"你有把握这么断定?"男人继续说,语气仍纠缠不休,"要是你不付赎金,小孩就会陈尸附近,即便这样你也心安理得?这跟你杀了他有什么区别?"

"开什么玩笑?杀害他的凶手是你!"

"也就是说,自己毫无责任?你以为可以这样推得一干二净吗?我看办不到,你绝对会后悔一辈子的。"

这人说话真可恶。我很想不理睬他,直接挂电话,但一瞬间又踌躇起来。对方乘隙说道:"看吧,你已经在犹豫了。不知道你听说过《国王的赎金》[1]这部小说没有?或者看过黑泽明的《天国与地狱》也行。故事里的主角毅然为自己司机的孩子支付了赎金,做人就应该这样有情有义。你的心地和那位主角一样善良,即使是别人的孩子,也不会忍心坐视不救。"

"虽然不忍心,我也不会付钱。为什么非得我来付?"

"如果你不付,我会很麻烦的。"说罢那人又嘿嘿直笑。

我叹了口气。"我想问个问题。"

"什么问题?"

"你真的绑架了小孩?不是在消遣我?"

"是真的。怎么可能恶作剧,我哪有这份闲心!"

"那给我看看证据。不对,应该是听听,让那个孩子来听电话。"

"川岛先生,这我可办不到。万一他说出什么不该说的话来,我就伤脑筋了。再说就算你听了他的声音,也当不了证据,因为你和他素不相识。"

他说得合情合理,我沉默片刻后问道:"……那你知道他是谁家的孩子吗?"

---

[1] 美国著名侦探小说家艾德·麦可班恩(Ed McBain,1926–2005)的代表作,下文中的《天国与地狱》则为1963年黑泽明据此书改编的电影。

"知道。"

"告诉我。"我说,"我要查明他是否真的被绑架。如果确有其事,我会把情况通知他的父母。"

"这个要求我不能满足,难得我一番关照你的美意,这一来就彻底断送了。"

"关照个鬼,全是给我添乱。"

"可至少你不用为了惦念孩子安危,整日长吁短叹吧?所以说,我做事是很专业的。"

对方说这些话是不是认真的,我还不太确定。凭感觉他不像疯子,但我也曾听说,真正的疯子看起来反而正常得很。不管怎样,只怕还是报警比较好,我暗想。

但他仿佛窥破了我的心意,随即说道:"再说句绑匪的老生常谈,你还是别去报警为妙。一旦我发现可疑的动静,交易即刻中止,接着小孩就会浮尸海面,你一辈子都将活在噩梦之中。"

我刻意哈哈大笑。"你怎么知道我去没去报警?难道你想说,你会一直监视我?"

"警方的行动总有蛛丝马迹可寻,就算第一时间发现不了,终究会有察觉的时候。"

"你是指什么时候?"

"就是交付赎金的时候。"

"哦……"

"只要在交付赎金的地点发现疑似警察的身影，交易即刻中止。"

"你倒真会信口开河。满口'赎金、赎金'，说得跟真的似的，我可从来没答应要付。"

电话里传来抿嘴一笑的声音。"终于进入正题了。川岛先生，我要求你为孩子支付三千万赎金，请你尽快准备好。"

"哼，这是你一厢情愿。我没这笔钱，就是有也不给。"

"别忙，再好好考虑一下吧。如果钱筹齐了，就在《朝日新闻》《读卖新闻》《每日新闻》的寻人栏登出启事：'太郎，彼此有缘，请速联系。'倘若三天过后你还没有登报联系，我就视为你无意交易了。"

"不用等三天，我现在就拒绝。"

"嘿嘿嘿，你头脑冷静一点，仔细考虑考虑吧。那就这样了。"说完他径自挂断。

我就着烫豆腐喝起啤酒，却一点胃口都没有，吃着吃着就扔下筷子，电视也关了。

男人黏腻的声音不断在我耳边回响。

我越想越觉得这事太离谱了。要我为一个连名字都不知道的孩子付赎金？哪有这种荒唐事！

像这种情况，最合理的结论就是"被耍了"。事实上我也是这样想的，准备置之不理。然而，我内心深处却总是念念不忘，假如这不是恶作剧，也不是开玩笑……

还是打电话报警吧。虽然很在意绑匪"如果报警就杀死小孩"的威胁，但只要连这话一并告诉警察，以后的事情他们自然会圆满解决。但警察会把我的话当真吗？说不定他们不会受理。即便可能遭遇冷眼，也还是报警为好，总得找个人来负责才安心。

我拿起电话，按下一、一，正要再按下〇时，我蓦地挂断电话，脑中灵光一闪。

找个人来负责？对，就这么办。只要把责任推到别人头上就行了，根本不用惊动警察。不光如此，如果报警，难免忧心忡忡，唯恐孩子遇到生命危险，倘若有个万一，纵然我不必承担责任，心里也绝不会好过。

绑匪曾说，他是随便拨的电话号码，结果就打到我这里。换句话说，他并非刻意来恐吓我，换成别人也无不可。

我望着电话，心情变得有些愉悦，同时还涌起紧张和兴奋。

我心里怦怦直跳，随手按下临时想到的号码，没有打通，我换了号码再拨一次，这次通了。

"您好，这里是铃木家。"

传来一个中年女子的声音，听起来颇有教养，说不定正好是个有钱太太。真是太理想了,我暗自偷笑。

"喂,你是这家的女主人?"我故意把声音压得低哑一些。

"是的。"女人似乎警觉起来,从声音里明显可以听出。

"老实说,"我咽了口唾沫,接着说道,"我在代为照看一个小孩。"

"什么?"女人怔了一下,紧接着问道,"您说的小孩,莫非是指我们家贞明?可是他正在参加公司的酒会……"

"不是不是,不是贞明。"我摇头,"我拐走的小孩跟你毫无瓜葛。"

"噢,这样啊。可您说的'拐走'……"

"就是绑架的意思。"

电话那端传来倒吸凉气的声音,我很享受这样的反应。

"呵呵呵,吓了一大跳吧。没错,我就是绑匪。"

"你、你、你绑了谁家的孩子?"

"谁家的孩子不重要,总之跟你毫无关系,但只有你才能救他一命。从你刚才接起电话开始,就注定是这样了。"

"究竟是怎么回事?"

"你听好,我绑架了一个小孩,但基于某些原因,无法向他的父母索要赎金,所以希望你来买单。懂了没?"

女人没有回答。不知她是惊得说不出话,还是在思考。

长长一段沉默过后，我开始感到不安。就在这时，女人开口了。"呃……那个孩子，跟我们非亲非故，对吧？那为什么，我们还得支、支付那个……赎金？"

哈哈哈哈，被弄糊涂了吧。也难怪。

事情越来越好玩了。

"我选中你只是巧合，你就当是走背运，自认倒霉算了。乖乖准备好三千万元，这是我要的赎金。"

"三千万……我哪拿得出这么一大笔钱？"

她会这样回答，也在意料之中。

"你要是不付钱，孩子就没命了。"我压低声音，狠狠地说。说这句话的时候，背上掠过一阵战栗的快感。真没想到，恐吓别人竟是如此有趣。

"可是，可是，那孩子跟我们没关系啊。"

"啊呀，你的意思是说，只要不是自家骨肉，就算被宰了也无关痛痒？"

"我没有这么说……"

"从明天起，最多只能宽限三天。你利用这三天准备好赎金，等钱筹齐后，就在《朝日新闻》《读卖新闻》《每日新闻》的寻人栏登出启事：'太郎，彼此有缘，请速联系。'要是届时看不到广告，我就杀了小孩。"

"怎么这样啊……太残忍了！"

"如果不想落得这般收场,你就准备好赎金。先跟你讲清楚,要是去报警,小孩也一样没命。他的尸体会在海上被发现,我会明白告诉他,他惨遭不幸,都是因为你见死不救。"

"等、等、请等一下。我……我要和外子商量一下。"

"你要跟老公商量还是怎样,都随便你。只要不报警,乖乖出钱,我一概没意见。等到孩子平安回家,他的父母一定对你感恩戴德。那就这样了,以后再联系。"说完,我径自挂断。

掌心已经渗满汗水,我用毛巾擦去。如此,孩子的性命就从我手上转移到刚才那女人那里。是听命准备赎金,还是向警方报案,由她拿主意就行了,和我再无干系。

电话真是种恐怖的工具。刚才我还是被恐吓的一方,现在却站到了完全相反的立场。而且我们之间全都素昧平生。

那女人会怎样做呢?或许还是会选择报警。从她刚才的反应来看,她丝毫不认为这只是个单纯的骚扰电话,但也说不定和老公商量后,对方随口一句"是谁在恶作剧吧"就打发了。

从明天起,这三天的报纸有看头了,我想。我俨然已是冷眼旁观的局外人。

一连三天，我每天都浏览一遍《朝日新闻》《读卖新闻》和《每日新闻》的寻人栏，但并没有找到"太郎"的字样。这也是意料中事，普通人不会因为一通恐吓电话就当真准备赎金。

我抱着看好戏的心态暗自思忖，不知绑匪下一步会如何出牌？或者这其实只是单纯的恶作剧，就此悄无声息？

我一边走一边想，刚踏进家门，电话应声响起。时机掐算之准，就像有人躲在某个地方盯着我一样。

"喂，是川岛先生吗？"

一听这声音我就知道，又是那个人。

"干吗？我跟你没什么好说的。"

"哎呀，别这么冲动嘛。看来我们的交易算是失败了，这三天你终究没登启事。"

"这不是废话吗？"

"嗯。那么，虽然觉得很可怜，那孩子的性命也就到今天为止了。那么讨人喜欢的孩子，唉，真是可怜。"

"既然可怜他，何不手下留情，送还给他父母？"

"那可不行，那我不是白绑了一场吗？"

"到这个地步，怎样都没区别吧？横竖都拿不到钱。"

"这次的确是这样，下次就不同了。"

"下次？"

"等你见识到我是个如假包换的杀人魔，为了钱财不惜夺取孩子性命时，下次交易你想必就会改变态度了吧？"

"胡说八道，不管你绑几票都一个样。"

"那可难说得很。亲眼看到孩子的尸体后，只怕你就嘴硬不起来了。老实跟你说吧，我刚才已经给小孩吃了毒药。"

"你说什么……"

"嘿嘿嘿，看吧，你果然吃了一惊。别担心，还不到致命的剂量，只会让小孩有点虚弱。说实在话，我也不想随便杀人，还打算着只要拿到钱，就还你一个活生生的小孩哪。所以我决定再给你一次机会。"

"机会？怎么说？"

"我再等你两天，希望你再仔细考虑一下，另外赎金也降到两千万元。怎样，很大的让步了吧？"

"你再怎么减价，我也不会付钱的。"

"总之请你好好考虑吧。答复的方式和之前一样，是在报纸上登出寻人启事。如果这次再没有满意的答复，我就会加大喂小孩的毒药剂量。嘿嘿嘿，呵呵呵呵。那就这样了。"

我正要回话，电话已经挂了。要在往常，我肯定心头火起，但现在我却并不怎么生气，甚至有点欣然。我马上打起电话。

"这里是铃木家。"和上次一样，还是那位中年女子接的电话。

"喂，是我。"

女人似乎听出了我的声音，轻呼了一声"啊"。

"你没登广告。看样子，你是不打算交赎金了。"

或许是为了调匀气息，女人停了片刻才答话。"我已经下定决心，决不屈服于恐吓。我会以坚毅的态度针锋相对。"

"哦，"我感觉自己的脸很自然地扭曲了，"看来你已经有了充分的思想准备。可要是你得知，就因为你的铁石心肠，害得一个可爱的孩子非死不可，你会有什么感想？恐怕心里不会太舒服吧？"不知不觉间，我的语气也变得纠缠不休起来。我隐然有种施虐般的快感，"告诉你，我已给小孩吃了毒药。"

"什么？"女人听起来吓了一跳，"那、那，孩子死、死、死……"

"你放心，还没到致命的剂量，只是吃点苦头。"

"太过分了！"

"之所以没要他的命，是想再给你一次机会。赎金我优惠到两千万元，你在两天内给我答复。如果不老实听话，下次我就要给小孩吃下足够致命的毒药。"说完我收了线。

291

两天后，我接到电话。

"你还是无视我的指示。"是那个男人打来的，"看来你是打定主意坐视不救了。"

打定主意的不是我，是姓铃木的女人——这话自然说不得。"付不起就是付不起，你也该死心了。"

"哎呀呀，真可怜。就因为你顽固不化，我只能又给那孩子吃了毒药。"

"……你杀了他？"

"没有。虽然有这个打算，但又改变了主意，给他吃的只比上次略多一些，所以还没有死。但他已经虚弱到极点，一动也不能动，脸色混浊发黑，头发也掉了。"

"魔鬼！"

"你说我是杀人魔？可你也一样薄情。连一点零头都舍不得，完全不理孩子死活。"

"两千万元哪里是零头了！"

"分明就是区区零头。我已经下了决心，干脆再优惠一点，一千万怎么样？一千万买条人命，够便宜了吧？明天一天我等你的答复，期待有好消息。"

男人挂断电话后，我马上给姓铃木的女人打电话。

"……所以我已经再次给孩子喂了毒药。"

听到我说的话后，女人明显很紧张。"啊，怎么做出这么过分的事……"

"死是还没死,但脸色发灰,皮肤溃烂,头发也掉了个精光,模样活脱就像四谷怪谈里的阿岩小姐。"①

我多少添油加醋了一番。电话那端咕嘟一响,那女人咽了口唾沫。

"现在优惠到一千万,这个价钱不能再让了。明天给我答复,明白了吧?"

第二天,报纸上依然没有登出"太郎,彼此有缘,请速联系"的启事。

"今天我又给那孩子喂了毒药。"不出所料,晚上那男人打来了电话,"他不停地上吐下泻,瘦得只剩皮包骨头,浑身上下长满了肿块。照这样下去,他已经没多少日子可活了。只要你肯回心转意,就能救他一命。九百万,我减到九百万,务必要给我好消息,拜托了。"

随后我再次打起电话。"孩子现在消瘦衰弱,头盖骨都凸出来了,全身长满肿块。这个样子居然还活着,本身就不可思议。"然后我告诉女人,要想孩子活命,就拿出九百万,说完便挂断电话。

---

① 四谷怪谈为日本著名的灵异故事,讲述了女主人公阿岩被丈夫、浪人民谷伊右卫门欺骗、抛弃,且遭毒药毁容后悲惨死去,化为怨灵复仇的故事。

几天来，这样的连环电话不断上演。

电视上播出绑匪被捕的消息时，我正在公司的员工食堂吃饭。据说被监禁的男孩是自己逃出来的，收留他的人报了警。从电视报道来看，绑匪是个小个子中年男人，很难想象他会做出这种胆大包天的事。

"义雄小朋友没有外伤，情况良好。根据警方的通报，嫌疑人山田勒索的对象并非义雄的双亲，而是一名姓大桥的陌生人，与义雄家素无渊源。对此嫌疑人山田解释说，直接勒索孩子的父母，心里过意不去。他在勒索时要求对方，筹齐赎金后，就在报纸上登出启事'太郎，彼此有缘，请速联系'，但对方并未依言登出启事。"

我正埋头吃着拉面，听到这里当场呛住，面条从鼻子里喷了出来。我不禁再度望向电视。莫非就是这个山田给我打的电话？不对，刚才报道里说了，他打给了大桥。究竟是怎么回事？我猛地一拍大腿，明白了个中奥妙。大桥就是给我打电话的人。他一定是和我不谋而合，都想到了嫁祸于人的办法。

不对，我再想想。

给我打电话的未必就是大桥。或许接到大桥电话的另有其人，而那人也想到同样的主意，于是转而给我打来电话……不不，很可能还有别人蹚了这浑水。

我摇摇头。算了,这样想下去没完没了。反正从今晚起,应该不会再有那种电话打来了。只有这点是明摆着的。

然而——

电话声又响起,还是那个人打来的。

"是川岛先生吧?今天你还是没登启事。可怜那孩子只剩下一口气了。你出个三百万吧,这样他就能得救了。"

那人的语气和昨天没什么两样。照此看来,莫非和电视上的那起绑架案不相干?不会,不可能有这种巧合。

无论如何,我都只有一个选择。我一如往常地给铃木家打了电话。"喂,是我。"

听到我的声音,女人似乎很吃惊。她多半在想,怎么还打电话来?

我用与以往毫无差别的语气说道:"因为你没有回音,我已经又给那孩子吃了加量的毒药。要想救他一命,就拿出二百万来。"

说话间,我觉得自己像被什么操纵了一般。

图书在版编目(CIP)数据

毒笑小说/(日)东野圭吾著;李盈春译.——北京:北京十月文艺出版社,2018.9
ISBN 978-7-5302-1837-2

Ⅰ.①毒… Ⅱ.①东… ②李… Ⅲ.①短篇小说-小说集-日本-现代 Ⅳ.①I313.45

中国版本图书馆CIP数据核字(2018)第119199号

著作权合同登记号 图字：01-2018-2841

DOKUSHO SHOSETSU by Keigo Higashino
Copyright © 1999 by Keigo Higashino
First published in Japan in 1999 by SHUEISHA Inc., Tokyo.
Simplified character Chinese translation rights in China arranged by SHUEISHA Inc.
through THE SAKAI AGENCY and BARDON-CHINESE MEDIA AGENCY.
All rights reserved.

毒笑小说
DU XIAO XIAOSHUO
〔日〕东野圭吾 著
李盈春 译

出　　版	北京出版集团公司
	北京十月文艺出版社
地　　址	北京北三环中路6号
邮　　编	100120
网　　址	www.bph.com.cn
发　　行	新经典发行有限公司
	电话(010)68423599
经　　销	新华书店
印　　刷	山东韵杰文化科技有限公司
版　　次	2018年9月第1版
印　　次	2023年3月第10次印刷
开　　本	850毫米×1092毫米　1/32
印　　张	9.5
字　　数	155千字
书　　号	ISBN 978-7-5302-1837-2
定　　价	49.50元

质量监督电话　010-58572393
如有印装质量问题，由本社负责调换。

版权所有，未经书面许可，不得转载、复制、翻印，违者必究。